निष्कासन

निष्कासन

दूधनाथ सिंह

राधाकृष्ण प्रकाशन

ISBN : 978-81-7119-739-2

निष्कासन

पहला संस्करण : 2002
तीसरा संस्करण : 2021
This book is printed on **Print on Demand** Technology : 2025

मूल्य : ₹495

प्रकाशक
राधाकृष्ण प्रकाशन प्राइवेट लिमिटेड
जी-17, जगतपुरी, दिल्ली-110 051
शाखाएँ : अशोक राजपथ, साइंस कॉलेज के सामने, पटना-800 006
पहली मंजिल, दरबारी बिल्डिंग, महात्मा गांधी मार्ग, प्रयागराज-211 001
1, अनमोल सोराबजी संतुक लेन, धोबी तलाव, मरीन लाइंस, मुम्बई-400 002
वेबसाइट : www.radhakrishnaprakashan.com
ई-मेल : info@radhakrishnaprakashan.com

NISHKASAN
Novel by Doodhnath Singh

...जो कुछ असुन्दर है, अभद्र है, मनुष्यता से रहित है, वह उसके लिए (साहित्यकार के लिए) असह्य हो जाता है। उस पर वह शब्दों और भावों की सारी शक्ति से वार करता है।...जो दलित है, पीड़ित है, वंचित है—चाहे वह व्यक्ति हो या समूह—उसकी हिमायत और वकालत करना उसका फ़र्ज़ है।

प्रेमचन्द

इस कहानी के सभी चरित्र काल्पनिक हैं।

लेखक

सुधीर के लिए

भाग : एक

[1]

उस लड़की से क्षमा-याचना सहित-जिसकी यह कहानी है।

फ़िलहाल उस लड़की को आप यहाँ देखिये—एक बड़े से पुराने, आलीशान बँगले के सजे-सजाए रसोईघर में, जिसे आजकल 'किचेन' कहते हैं। कुछ अटपटे ढंग से वह किचेन में खड़ी है। साथ में दो नौकरानियाँ भी हैं। अधीक्षिका यानी 'मैम' उनमें से एक को 'खानसामिन' बुलाती हैं और दूसरी को 'माई'। तो खानसामिन और माई, दोनों उस लड़की को डबडबाई आँखों से देख रही हैं। इसके बावजूद माई की आँखें निर्विकार हैं, मानों ऐसे दृश्यों की वह आदी हो चुकी हो—निर्विकार, उदास और सुन्न। लेकिन खानसामिन किचेन से उस बड़े, सजे-सजाए ड्राइंग रूम को जोड़ने वाले लम्बे गलियारे के उस छोर पर चुन्नटदार पर्दे को देखती हुई, अपना होंठ मोड़ कर उजले दाँत निपोरती है, जैसे चिढ़ी हुई बंदरिया निपोरती है। बीच-बीच में कुछ भुनभुनाती है। दोनों औरतें खटर-पटर करती हुई प्लेटें सजा रही हैं—सलाद और भुने हुए मेवे, तली हुई कलेजी और अवन में मसाला लपेट कर पकाई गई मुर्गे की टाँग। दोनों औरतों से बार-बार गलती हो जा रही है। कभी इधर की चम्मच उधर, कभी छुरी-काँटा ग़लत, कभी पानी की बोतल और इसी तरह कुछ। लेकिन लड़की सिट-पिटाई हुई खड़ी है। उसने बहुत हल्की, चिकनी शिफ़ॉन की साड़ी और रंग मिला कर ब्लाउज़ पहना हुआ है, जो आज के पहले उसने कभी नहीं पहना। उसका चेहरा बड़े सलीके से रँगा-चुना है, बालों को खींच कर चिपका कर एक मोटी-लाँबी चोटी की गई है जो कमर के नीचे तक लटक रही है। लड़की के चेहरे और बालों में अजब-सा खिंचाव महसूस हो रहा है। खड़े-खड़े अचानक उसे लगता है कि अभी कोई उसकी चुटिया पकड़ कर खींच रहा है और नीचे गिरा देगा। वह अपने गालों या ललाट या चेहरे पर कहीं भी हाथ नहीं फेर सकती। आँखों के कोयों को छूना या खुजलाना मना है क्योंकि दोनों ओर तीर की तरह काजल की रेख खिंची है। जबड़े फैलाना, ऐंठना-बैठना या उबासी लेना मना है। इससे चेहरे की लीपापोती चिर सकती

है। अभी हल्का, खुशनुमा जाड़ा शुरू हुआ है। मैम इस खुशगवार मौसम के संयोग पर खुश हैं क्योंकि लड़की को पुलोवर नहीं पहनना पड़ेगा और उसका तन अपने पूरे मौसम के साथ मेहमान के सामने खुलेगा।

[2]

लड़की के पास इतनी मँहगी साड़ियाँ या वैभव के गमकते प्रसाधन नहीं हैं। दो-चार घिसी हुई सूती साड़ियाँ हैं। नयी और फ्रेश सिर्फ़ एक है, बाकी उसकी बड़ी बहन की उतारन हैं। लड़की कभी-कभार पहनती भी है तो उन्हीं साड़ियों को। ब्लाउज़ भी बहन के उतारन हैं। एक बार अपनी सहेली के साथ सिनेमा जाने के लिए उसने साड़ी पहनी तो रिक्शे पर बैठते ही ब्लाउज़ का एक हुक् टूट गया। वह रस्ते भर सिकुड़ी बैठी रही और सिनेमा घर में भी। बड़ी बहन उसको देखती है तो खुश होती है। वह सोचती है कि चलो, छोटी बहन मेरी तरह सुखंडी नहीं है और उसे कोई-न-कोई पसन्द कर ही लेगा। बहरहाल, लड़की अपनी बड़ी बहन के इस सोच को याद करके उस दिन तब तक उदास रही, जब तक वह हॉस्टल नहीं लौटी और उस टूटे हुक् वाले ब्लाउज़ को उतार नहीं दिया। उतारने के बाद उसे अपनी गोलाइयों और अर्धचंद्रांगों से बड़ी कोफ़्त हुई, जब कि हॉस्टल के कमरों, लम्बे-चौड़े बरामदों में अक्सर इनका खेल करती हुई लड़कियाँ इतराती फिरती हैं। अक्सर ये अंग व्यसन की हद तक व्याख्या, अफ़वाह और खिलखिलाहटों के विषय होते हैं। लेकिन लड़की कातर भाव से सुबकती हुई उस रात बिस्तर में गिर गई। उसकी बड़ी बहन इस दुनिया से विरक्त, अपने घर, बाप से दूर गोपेश्वर में अध्यापिका है और घर के अलावा अपनी इस छोटी बहन को पढ़ाई का खर्चा भी भेजती है। लड़की को एक ही सुकून है कि चलो, गोपेश्वर में बड़ी बहन के तन पर कपड़ों की इतनी तहें होंगी कि उसका उकठाहुआपन ढँका रहता होगा। आप समझ सकते हैं कि यह सुकून कितने बेतुके ढंग से हृदयद्रावक है।

लेकिन यह लड़की तो बिलल्ली है। घिसा-पिटा सलवार-कुर्ता पहन कर, खुले बाल और सूखे-मुरझाये होठों पर ज़बान फेरती, इधर-उधर फिरती रहती है। उसे अपने तन की फ़िकर नहीं। माँ-बाप और एक भाई, जो संयोग से हलद्वानी में पानी-पाँड़े

है, और बहन, जो हाईकोर्ट से स्थगन आदेश ले कर किसी तरह नौकरी से चिपकी है—लड़की को उन सबकी फ़िकर है। पढ़ाई की है। बाप, जो ठेले पर सब्ज़ियाँ सजाए मुहल्ले-मुहल्ले बेचता है, उसके दमे की फ़िकर है जब वह हाँफ़ते-हाँफ़ते बेदम हो जाता है तो माँ ठेला ले कर जाती है। अक्सर बासी सब्ज़ियाँ लोग उलट-पुलट कर नकार देते हैं। फिर घाटा उठाना पड़ता है। बड़ी बहन पढ़ने में ज़हीन थी। ऐडमिशन हुआ, सुरक्षित कोटे से हॉस्टल में जगह मिली तो ख़र्च का सवाल उठा। भाई ने कहा, मैं उठाता हूँ, बाप ने कहा, मैं उठाता हूँ लेकिन कुल जोड़-जाड़कर फिर भी कमती पड़ता था। बहन ने मेस में एक वक्त खाने का फ़ैसला किया और लाचारीपूर्वक अपने प्रण पर अटल रही। हरी-भरी आयी थी और उकठ गई। लड़कियाँ खिलखिलाती हुई कहतीं, 'कहीं कुछ है ही नहीं, किसलिए लड़की है?' तीन साल बाद छोटी बहन, यानी हमारी कहानी की लड़की भी आयी और अतिथि छात्रा के रूप में अपनी बहन के कमरे में चिपक गई। हॉस्टल के अधिकांश कमरों में एक-एक, दो-दो अतिथि छात्राएँ चिपकी हुई हैं। डार्मेटरी में तो बीसियों। उनकी खटियों के बीच से निकलने की जगह नहीं है। सभी लड़कियाँ या तो अपने पायताने या सिरहाने चप्पलें उतार कर बिस्तर में घुसती हैं। स्नानघर और संडास के लिए सुबह-सुबह लम्बी लाइन लगती है। लड़कियाँ अक्सर नाक दबाये खड़ी रहती हैं। कई बार एक दूसरे की चिरौरी होती है। बहरहाल...तो ये चिपकी हुई सारी लड़कियाँ गैरकानूनी संवासिनियाँ हैं। अक्सर यूनिवर्सिटी द्वारा 'छापा' घोषित होता है। इस 'छापे' या 'हमले' की ख़बर, बाक़ायदा अख़बारों के 'यूनिवर्सिटी कॉलम' में छपा दी जाती है। चिपकी हुई लड़कियाँ हँसती हैं। वे मैम के पास जाती हैं। 'छापे' की तारीख़ के दिन सिनेमा हॉल भर जाते हैं। मैम सभी को हिदायत देती हैं—'सबका सामान स्टोर रूम में। कोई अतिरिक्त सामान कमरों में नहीं। चूड़ी चप्पल, बक्से, गूदड़, चादरें-सब बाहर। कोई चिड़िया कैम्पस में नहीं। चाहे क्लॉस में या बाउण्ड्री के बाहर। सब कुछ बाहर—बाहर।' लड़कियाँ और लड़कियों से चिपकी हुई लड़कियाँ इस नर्म-गर्म आदेश के बाद खिलखिलाती हुई भागती हैं। चिपकी हुई लड़कियों का यूनिवर्सिटी अतिथि-शुल्क जो भी हो, अधीक्षिका यानी मैम उन्हें बता देती हैं कि चिपकने की कीमत क्या है। कीमत मंजूर हो तो आओ और चिपक जाओ, न मंजूर हो तो चूल्हेभाड़ में जाओ। बाहर भेड़िये हैं, दिन-दहाड़े उठा ले जाएँगे। अपने माँ-बाप से बोलो। इस यूनिवर्सिटी में पढ़ाने भेजेंगे तो कीमत भी जाननी चाहिए। जाओ, भागो। लड़कियाँ अपमान का घूँट पीती हुई बाहर निकलती हैं तो खानसामिन और माई और दाइआँ मुस्कुराती हैं। आदत एक ऐसी चीज़ है, जो बन जाती है तो बन जाती है। मुस्कुराने की आदत भी वैसी

ही है। तो जब यह लड़की आ कर अपनी बहन के कमरे में चिपक गई तो उन्हें भी कीमत बताई गई। दोनों बहनों ने सुना और बाहर हुईं। शाम का अँधेरा घना था और पूरे परिसर में घने पेड़ों के नीचे सन्-सन् थी। वे बगल की इमारत में 'आंटी की शॉप' पर पहुँचीं। सारी लड़कियाँ रोज़मर्रा के इस्तेमाल की चीजें 'आंटी की शॉप' से लेती थीं। वहाँ महीने का उधार चलता था, अत: लड़कियों को फ़ुर्सत और निश्चिन्तता रहती थी। उन्होंने आंटी से इस बारे में पूछा!

'मुझे क्या पता, सही होगा भई!' आंटी ने कहा।

'एकमुश्त आंटी?' बड़ी बहन ने फिर पूछा।

आंटी ने होंठ बिदार दिए।

वे चुपचाप इधर-उधर खर-पतवार और सूखी-कुरमुराती पत्तियों की आवाज़ों के साथ परिसर के पेड़ों के नीचे टहलती रहीं। अगर छोटी बहन भी एक वक्त खाना छोड़ दे, तब भी एकमुश्त इतने पैसे कहाँ से आएँगे? कोई किश्तों में चुकाना तो है नहीं। वे कमरे पर लौटीं और चुपचाप पड़ गईं। थोड़ी देर बाद दोनों उठीं और दूसरी लड़कियों से पूछा। चिपकने वाली लड़कियों में से ज़्यादातर ने मुँह बनाया। वे सभी महिमामंडित सवर्ण घरों से आती हैं और गप्प के दौरान अक्सर 'हमारा ख़ान्दान, हमारा ख़ान्दान' बोलती हैं। उन्होंने मुँह बनाया और दोनों बहनों को ऊपर से नीचे तक देखा भी। कुछ ने नाक-भौं सिकोड़ी। कुछ ने रूमाल या दुपट्टा या तौलिया उठा कर नाक पर यों लगाया जैसे मुँह पोंछने जा रही हों। दोनों बहनें इस कमरे से उस कमरे भटकती रहीं। फिर वे उन कमरों की ओर गईं जिनमें उन्हीं की बिरादरी रहती थी। एक ओर किनारे पर जिधर संडास पड़ता था, उधर तीन-चार कमरे थे। एक लम्बा-अँधेरा गलियारा था, जिसके अन्त में दो-तीन झाड़ और तीन-चार बाल्टियाँ रखी थीं। एक सीमेंट की झँझरी थी जिससे उजाला आ सकता था लेकिन झँझरी के बाहर एक मोटा चिलबिल का पेड़ अपनी छाँह फैलाये पसरा था। दोनों बहनें उन सभी कमरों में गईं और हर जगह एक ही जवाब मिला।

'एकमुश्त।' कहने वाली लड़की एक ख़ास तरह की बेबसी से दोनों बहनों को घूरती।

'तुमको उनके बीच में कमरा कैसे मिला?' एक लड़की ने आश्चर्य प्रकट किया।

'नहीं बता सकती।' बड़ी बहन ने कहा।

'यानी तुम ऊपर की ओर चढ़ रही हो।' संवासिनी ने तीखे लहजे में कहा।

'और भी सात-आठ कमरे हैं।' बड़ी बहन ने शान्त स्वर में कहा।

'और अलग-अलग?' संवासिनी ने पूछा।

'नहीं, लाइन से।' बड़ी बहन बोली।

'वही तो।'

'और हमारे बीच का कोई उनके साथ भी चिपका है?' एक और लड़की ने पूछा।

'मैत्रेयी मार डालेगी। 'किसी ने कहा।

मैत्रेयी मिश्रा हॉस्टल की जनरल सेक्रेटरी थी। एम. एम. नाम चलता था उसका।

'मैम एलाउ नहीं करेंगी।' कोई बोली।

'चलो, तुम्हारी ओर के कमरे संडास के बगल में तो नहीं हैं।' उस पहली लड़की ने कहा।

'नहीं, लेकिन उधर धूप कभी नहीं आती। सामने लोहे के पत्तरों वाली जाफ़री है।' बड़ी बहन ने कहा।

'जाफ़री क्यों?'

'नहीं जानती। शायद उधर लड़कियों से मिलने वाले आते हैं, उनसे पर्दा करने के लिए।'

'पर्दा?' उस लड़की ने आश्चर्य प्रकट किया।

'मुझे यही समझ में आता है।' बड़ी बहन मुस्कुराई।

'उधर सौदे का पर्दा—सौदे का।' एक लड़की ने कहा।

'अँधेरा हो, हवा रुकी हो और दम घुटता हो, लेकिन पर्दा तो होगा!' उस लड़की ने चेहरा विकृत करके कहा।

बड़ी बहन ने उस लड़की के कन्धे पर हाथ रखा।

'क्या फ़र्क है? कोई है?' उस लड़की ने हाथ हटाते हुए कहा।

सवाल लेकिन जहाँ का तहाँ था। दस हज़ार रूपये—एकमुश्त। और वह भी आए तो कहाँ से? इसी जगह कहानी में वह लड़का आता है। चुनाव के दिनों में वह अक्सर आता था। मंच चारों ओर लाल झंडों से सजाया जाता था। इसमें मैम के पति भी चुपके-चुपके मदद करते थे। ये लड़के उनको कॉमरेड कह कर सम्बोधित करते हैं—कॉमरेड शार्दूल विक्रम सिंह। वैसे, लड़कियाँ बताती हैं कि किसी का भी मंच सजे, कॉमरेड शार्दूल विक्रम सिंह सबकी मदद करते हैं। इसके पीछे तर्क यह होता है कि छात्राओं के इस परिसर में कोई लफड़ा न हो। तो वह लड़का भी उन्हीं

दिनों आता था। प्रत्याशी के बोलने के पहले मजमा जुटाने का काम उसका था। वह बड़ी सधी हुई भाषा में बड़ी-बड़ी बातें दहाड़ता था। मीटिंग के अन्त में मुस्कुराते हुए सुगन्धित पर्चे बाँटता था। तभी उससे अनायास ही परिचय हुआ। यूनिवर्सिटी कैम्पस में भी जब-तब। फिर लाइब्रेरी में। कभी-कभी अचानक मिल जाने पर वह हालचाल पूछता है। खाते-पीते घर का ठीकठाक लड़का है—बड़ी बहन ने अँधेरे में रास्ता धाँगते हुए सोचा।

'कल देखते हैं।' कमरे पर लौट कर बड़ी बहन ने कहा।

'मैं पढ़ाई छोड़ जाती हूँ।' छोटी बहन ने बिस्तर में गिरते हुए कहा। 'क्यों?'

'मैं घर जाती हूँ।'

'पागल।' बड़ी बहन उसके पास बैठ कर दुलराने लगी।

'तुम बीमार हो।' छोटी बहन रोने लगी।

'नहीं तो।' बड़ी बहन ने कहा।

'नहीं कैसे?' छोटी बहन ने डबडबाई आँखें चौड़ी करके उसे देखा।

'तुम्हें गलतफ़हमी है।'

'तुम इसीलिए घर नहीं आतीं।'

'पागल, मैं तैयारी में लगी हूँ।' बड़ी बहन बिस्तर से कागज-किताबें उठा कर रैक पर रखने लगीं।

बड़ी बहन ने ढूँढ़ कर दूसरे दिन लड़के को पकड़ा। उससे बात की। दो टूक लहजे में कहा कि उसकी बहन के केरियर का सवाल है। इस शहर में बाहर रह कर बाहर से आने वाली कोई लड़की पढ़ाई नहीं कर सकती। लड़के ने हँस कर कहा कि शायद इस देश के किसी भी शहर में नहीं। बड़ी बहन ने यह भी कहा कि जब वह नौकरी में आ जाएगी तो पहली वरीयता में चुका देगी। लड़के ने कहा कि 'लेकिन यह तो घूस है, सरासर बेईमानी है, और यह काम एक ऐसे आदमी की बीवी कर रही है जो अपने को कॉमरेड कहता है। और कॉमरेड कहता ही नहीं, कॉमरेड है। मैं खुद उनसे लेवी वसूलने जाता हूँ और वे नियमत: लेवी देते हैं। मैं उनके पास जाता हूँ। मैं उनसे पूछता हूँ कि यह कैसी धोखाधड़ी है? वे हमारी यूनिवर्सिटी 'सेल' के प्रभारी हैं तो क्या, वे खुद ही धाँधली में शामिल होंगे और हमें नैतिकता सिखाएँगे?' लड़के का चेहरा तमतमाया हुआ था और बड़ी बहन को लगा, थोड़ी ही देर में वह मंच वाली शैली में उतर आएगा। वह चिल्लाता हुआ दौड़ पड़ेगा जैसे कोई हादसा हुआ हो। वे दोनों कैम्पस में एक मौलसिरी के पेड़ के नीचे खड़े थे। उधर से आवाजाही लगी थी और लड़का लाल हो रहा था। बड़ी बहन ने उससे बिनती की

कि वह शान्त हो जाए और इसे नैतिकता का प्रश्न न बनाये। कुछ कर सकता है तो करे, वर्ना हमें अपने हाल पर छोड़ दे। छोटी बहन खुद ही पढ़ाई छोड़ने को तैयार है। वह उसे घर भेज देगी। हम कुछ नहीं कर सकते तो जहाँ, जिस हाल में हैं, वैसे तो रह सकते हैं। नहीं निकल सकते तो देखेंगे। अपने को मारेंगे नहीं। लड़का ठण्डा हुआ। वह उसी दिन अपने घर रवाना हुआ और दो दिन बाद रूपये लेकर लौटा। दोनों बहनों ने जाकर मैम को रूपयों की गड्डी थमाई। मैम ने दोनों बहनों को शक की नज़र से देखा और शार्दूल विक्रम सिंह को गड्डी थमा दी। शार्दूल विक्रम सिंह लड़कियों को बिना देखे मुस्कुराये।

'यूनिवर्सिटी ड्यूज़ जमा हैं?' उन्होंने पूछा।

'हाँ सर!' बड़ी बहन ने कहा।

'जाओ, पढ़ो लिखो।' मैम ने कहा।

'यस मैम।'

और कॉमन रूम में ज़्यादा गपड़चौंथ मत करो।'

'हम जाते नहीं मैम!' बड़ी बहन ने कहा।

'नहीं, जाया करो।' मैम ने कहा।

'जाने से खुलोगी। एक सामाजिकता विकसित होगी।' शार्दूल विक्रम सिंह ने कहा।

लड़कियों ने उन्हें नज़र उठा कर देखा और कमरे से बाहर हो गईं।

'देखा, ये झूठ बोलती थीं।' मैम ने अपने पति से, लड़कियों के चले जाने के बाद कहा।

'इनके बाप की ग्रोसरी शॉप होगी, और बड़ी वाली ने क्या कहा था?' शार्दूल विक्रम सिंह बोले।

'बाप ठेला लगाता है।' मैम ने कहा।

'दिलीप कुमार के बाप की भी फलों की दूकान थी और वो अपने नन्हें लाल खटिक की भी है जो पहले एम. एल. ए. और आबकारी मंत्री हुआ करता था, और अगर मेस की सप्लाई का ठेका न होता तो वह जो टोकरे भेजता है, तब कहता कि साहब, मैं तो ठेला लगाता हूँ, मेरी क्या औकात है!' कॉमरेड बोले।

'मुझसे तो यही कहता है।' मैम बोलीं।

'फ़ोन पर कहता है, इसी से समझ लो। विनम्र बनता है। ठेले पर सेलुलर रख के चलता है क्या?' कॉमरेड ने कहा।

'चीट्स!' मैम ने कहा और उठ गईं।

'वो चन्दे वाले आएँगे।' शार्दूल विक्रम सिंह ने कहा।

‘चन्दे वाले? ‘मैम ने भौहें सिकोड़ कर पूछा।

‘वही—कॉमरेड्स।’ कॉमरेड मिनमिनाये।

‘उन चूतियों से वहीं पार्टी-ऑफ़िस में मिलो—समझे।’ मैम ने कहा।

‘गेट पर गॉर्ड से बोल दो न, वहीं से लौटा दे। कह दे, कहीं निकले हैं।’

‘तुम्हारे मुँह में क्या ताला लगा है? ‘मैम ने अपने पति को घूरा और ड्राइंग-रूम से बाहर निकलते हुए चिल्लाईं, ‘माई!’

‘आयी बिटिया!’ एक बूढ़ी आवाज़ जैसे किसी तहखाने से आयी।

[3]

यह ख़बर आग की तरह फैल गई कि सुखंडी ने एकमुश्त पैसे जमा कर दिए। एक कमरे में दो लड़कियाँ फ़ेस पैक लगाये भुतनी बनी बैठी थीं। सिर्फ़ उनकी आँखें उल्लुओं की तरह घूर रही थीं। उनमें से एक, दूसरे की खुली टाँगों को किसी लोशन से साफ़ कर रही थी। वह धीरे-धीरे ऊपर की ओर जा रही थी।

‘वाऽऽउ।’ उसके मुँह से निकला।

दूसरी लड़की आँखों से मुस्कुरा रही थी।

‘और अन्दर तक?’ पहली बोली।

दूसरी लड़की ने अपनी दूसरी टाँग से उसके हाथ को ढकेला।

‘तू अपनी बारी ले लेना।’ पहली लड़की ने कहा।

‘वो तो लूँगी ही।’ दूसरी ने कहा।

‘तब तेरी लात खाने की बारी होगी। ‘पहली ने कहा।

आजकल तेरा भौंरा कौन है?’ दूसरी ने पूछा

‘मैम बड़ी चंट है यार!’ पहली बोली।

‘कुछ अलग से पटाओ।’ दूसरी ने कहा।

‘तूने पटा लिया क्या?’

‘मैम बड़ी खब्बीस है, ताड़ लेती है।’

‘तेरा यार चूतिया होगा।’

‘प्रेम करना अब सम्भव नहीं बच्ची!’ दूसरी ने जैसे आहें भरते हुए कहा।

‘मैम खुद क्यों नहीं उठती?’ पहली लड़की बोली।

‘उसके दिन लद गए।’ दूसरी लड़की ने कहा।

‘कुछ नई मुर्गियाँ नहीं फँसी?’ पहली ने बात आगे बढ़ाई।

‘फँस रही हैं, मगर कुड़कुड़ा के भागती हैं शुरू में।’ दूसरी ने कहा।

‘उठ यार, फ़ेस पैक उतारना है।’

‘लेकिन वो नया भेड़िया उस सुखंडी की ओर लपक गया।’ दूसरी ने जैसे आश्चर्य प्रकट किया।

‘कैसे-कैसे?’ पहली लड़की उठ कर बैठ गई।

‘तुम्हें नहीं मालूम, उसी ने पैसे दिए।’ दूसरी लड़की ने कहा।

‘कहाँ गिरा जा कर! ‘पहली लड़की ने अफ़सोस जाहिर किया।

‘वो तो एक हबक के लायक भी नहीं है।’ दूसरी बोली।

‘पंजों और दातों में हड्डियाँ ही आएँगी सिर्फ़।’ पहली ने कहा।

‘और कड़ तेल की बू। उस ब्लॉक में जाओ तो संडास की बदबू बाद में आती है, इनकी पहले। अजीब बास मारती हैं यार, और सबकी-सब। मैत्रेयी कहती है कि ‘ये जो सुखंडी का कमरा बीच में है, दोनों ओर के कमरों की लड़कियाँ परेशान हैं। और अगर उसका दरवाज़ा खुला हो, जो कि अक्सर रहता है, तो उधर से बरामदे में गुज़रना मुश्किल। भकसौंध आती है।’ मैत्रेयी को तो एक दिन उल्टी हो गई। और तब से तो और, जब से उसकी वो मुटल्ली बहन आयी है। मैत्रेयी बोली थी कि इसके लिए मैम से बोलेगी। ‘ये इन सभी का बू मारना बॉयोलॉजिकल फ़ैक्टर है, ‘मैत्रेयी बोल रही थी, ‘नहीं मानीं मैम तो आन्दोलन करना पड़ेगा। ये बीच में कमरा देने का क्या मतलब? किनारे करो।’...और तुम जानती हो, मैत्रेयी तो गुंडी है।’ दूसरी ने तफ़सील से बयान किया।

‘महागुंडी।...तुम्हें वह बड़े साहब वाला किस्सा नहीं मालूम?’ पहली लड़की ने फ़ेस पैक उतारते हुए कहा।

‘हवाई जहाज (कार में अभिसार के लिए कूट शब्द) वाला? मालूम है।’

‘लेकिन असर तो उल्टा हुआ।’ पहली लड़की ने कहा।

‘उल्टा?’ दूसरी लड़की ने शीशे के सामने से पलट कर देखा।

‘बड़े साहब फिर मैम के पास आए थे। पहली लड़की बोली।

‘नयी अभिसारिका के लिए?’ दूसरी ने पूछा।

‘नहीं यार!’

‘फिर?”

‘कल्पना करो।’

‘नहीं कर सकती, जल्दी बोलो।’

'प्रस्ताव लेकर।'

'प्रस्ताव?'

'बड़े साहब ने मैम से कहा, 'मैं अपनी बीवी से डिवोर्स लेता हूँ। मुझे मैत्रेयी भा गई है। मुझे मैत्रेयी ही चाहिए।'

'पिये होगा साला!'

'नहीं, लेकिन कई दिन प्रस्ताव लेकर आया।'

'उल्लू!'

'लेकिन मैम भी तो उल्लू हैं, उन्होंने मैत्रेयी के सामने प्रस्ताव रख दिया।'

'तब?' दूसरी लड़की की जैसे समझ में नहीं आया।

'मैम ने प्रस्ताव रखा। मैत्रेयी चुप। मैम ने दुबारा पूछा तो मैत्रेयी फट पड़ी—'साल्ला, गुलामी करायेगा मुझसे? कफ़ पर बटन टाँको। स्मार्ट बन कर झंडे को सलामी देगा। मेस में दारू और तीनपत्ती खेलेगा आधी रात तक, और बीवी घर में बैठ कर झँखेगी? आने दीजिए मैम, इस बार वारा-न्यारा करे देती हूँ साले का! दाम लगाता है हरामजादा! ऐसे नहीं तो फेरे ले कर नकेल डालने के फेर में है?' जानती हो, मैत्रेयी से मैम भी डरती हैं। मैत्रेयी ने पलट कर उस दिन मैम पर भी वार किया—'और आप मैम, आप अपना धन्धा जरा आस्ते आस्ते। नहीं तो आपको और आपके उस कॉमरेड को भी किसी दिन पलट कर रौंद दूँगी।'...तो मैम ने मैत्रेयी को मनाया और कॉमरेड ने भी अपना मुखड़ा दिखाया। और मैत्रेयी की दारू-कलेजी से खातिर हुई।' पहली लड़की ने कहा।

'दादागिरी है माइ लव!' दूसरी लड़की शीशे के सामने अपने चेहरे का रेशा-रेशा परख रही थी।

'लेकिन वो नया भेड़िया यार, उसके लिए दुख है।' पहली लड़की ने कहा।

'तेरा दुख मुझसे देखा नहीं जाता।' दूसरी लड़की ने हँसते हुए कहा।

'देखना, ये नई मुटल्ली बहुत जल्दी चल निकलेगी।' पहली बोली।

'बू मारती है साली!' दूसरी ने कहा।

'कुछ भेड़ियों में शूकर-वृत्ति होती है प्यारी!' पहली ने कहा।

'छोड़ यार, चलते हैं नहाने।' दूसरी लड़की ने बात खत्म की।

इनमें से अधिकांश लड़कियाँ हमारे ग्रामीण अंचलों के खाते-पीते घरों, बड़े किसान परिवारों या धुँआए, अँधेरे कस्बों के छोटे-छोटे नौकरीपेशा परिवारों या बिचौलिए

व्यापारियों के घरों से आती हैं। वहाँ के स्कूल-कालेजों में वे कन्धे झुका कर बड़ी अटपटी चाल से पढ़ने जाती हैं। सारे रस्तों, गली-कूचों या सड़कों पर चारों ओर आँखें बिछी होती हैं। एफ. एल. की तरह जुमले फैले होते हैं। वे झुंड में जाती हैं और झुंड में निकलती हैं। शिक्षा के अस्तित्व का संग्राम छिड़ा होता है, जिसमें बिना घायल हुए बच निकलना बड़ा कठिन होता है। यहीं उनके व्यसन, उनकी महत्वाकांक्षाएँ, उनकी सर्वग्रासी उदासी, उनकी दमित इच्छाएँ चुपचाप जन्म लेती हैं और चुपचाप पलती-बढ़ती रहती हैं। बहुत सारी अपने जीवित अस्तित्व के साथ वहीं मर जाती हैं। लेकिन कुछ अपने माँ-बाप की महत्वाकांक्षाओं या अपने ज़हीन होने की वजह से आगे इन बड़े नगरों के ऐतिहासिक विश्वविद्यालयों में पहुँचती हैं। कुछ इस वजह से भी कि माँ-बाप तुरन्त उनके लिए वर का प्रबन्ध नहीं कर सकते और इन्तज़ार और सुविधा और बॉयो-डेटा की बढ़ोत्तरी के लिए उन्हें तब तक के लिए यूनिवर्सिटियों में डाल देते हैं। यहाँ सबसे पहली समस्या ऐडमिशन और फिर हॉस्टल में ऐडमिशन की होती है। हल हो जाने पर तब एक लड़की अपनी उन सारी छिपी चाहतों के रंग के साथ प्रकट होती है। एक अपेक्षाकृत अधिक खुले वातावरण में वह जैसे ज़िन्दगी में पहली बार खुल कर साँस लेती है। उसके झुके हुए कन्धे सहसा उठ जाते हैं और उसे अपने स्त्रीत्व को चुरा कर रखने की ज़रूरत नहीं होती। तब एक लड़की अपने वक्ष और नितम्बों को निहार कर गर्व से फूल उठती है और यहीं से उसके जीवन के उद्देश्य, पत्थर की तरह कठोर दृढ़ताएँ या चकमक चाहतें उन्हें बनाती या नष्ट करती हैं। कुछ नौकरियों के लिए जी-तोड़ कोशिशों के चलते किधर को भी नहीं देखतीं। कुछ लगातार अपने अभिभावकों द्वारा स्थगित विवाहों के इन्तज़ार में सड़ती रहती हैं। कुछ चतुराई से जगह निकाल कर बच निकलती हैं। कुछ बड़ी नौकरियों के लिए भिड़ी रहती हैं और जब नहीं सफल हो पातीं तो वैसी ही बड़ी नौकरियों को संयोगवश पा जाने वाले लड़कों की दुल्हनें बनने का सपना देखते-देखते अक्सर बुढ़ा जाती हैं। और कुछ अचानक अपने भीतर कुंडली मार कर बैठी हुई रोमैंटिक रातों के ज़हरीले फन द्वारा डस ली जाती हैं। फेस-पैक लगाये हुए दोनों लड़कियाँ उन्हीं में से हैं और मैत्रेयी भी, और इस तरह की बहुत सारी और लड़कियाँ भी, जो शुरू-शुरू में यह नहीं जानतीं कि उनकी बलि चढ़ने को है, और बाद में लाचार और हताश—झुंड से अलग मुड़ कर देखती उस हिरनी की तरह, जो यह नहीं जानती कि वह बिंधने वाली है। उस रंगीन मौत के बाद ये लड़कियाँ बहुत जल्दी स्मार्ट संवादों और कूट शब्दों की शौकीन हो जाती हैं। हवाई जहाज, नेवी, नानी-घर, आर्टिलरी, पराया

बिस्तर, तलघर, सातवाँ तल्ला, राग सारंग, नट भैरव, लाल दिग्घी, काली पल्टन, पलटकुम्भ—उनकी ज़ुबान से फुहार की तरह झरते हैं। इनमें वे महुवे के रस की तरह नहाती हुई अचानक एक दिन पलट कर देखती हैं कि जहाँ गोश्त नहीं था वहाँ गूमड़ है और जहाँ कच्चे-हरे श्रीफल थे वहाँ लबनी लटक रही है। तब सँभलने की कोशिश में छिछड़े की तरह वे पुरुष-समाज की जाँघों में गिजगिजाती हुई कराहती हैं। दिल्ली, कलकत्ता, मुम्बई की बात वहाँ के कथाकार माफ़िया जानें, जो इन दिनों 'इंटर-नेट' पर कहानी फँसा रहे हैं। हम तो अपनी दुनिया, अपने समाज के बारे में जानते हैं, जिसका मतलब सारा देश है। इसी में से इन बच्चियों के सम्मोहन का बजबजाता संसार मुँह बाये खुलता है। इसी में से उत्पीड़न, आत्मवध, गुंडई, वेश्यावृत्ति जबड़े खोल कर खड़े हो जाते हैं। और इसी के इन्तज़ार में भेड़िये और भड़वे तके रहते हैं। ये भेड़िये और भड़वे—दोनों हमारी कहानी की मैम के दरबारी हैं और इसी मुकाम पर वह छोटी बहन फँसी हुई, अनचाहे श्रृंगार के साथ किचेन में अटपटे ढंग से खड़ी है।

यह लड़की भी उसी तरह के धुँआए-अँधेरे कस्बे में पैदा हुई, पली-बढ़ी, और उसी तरह कन्धे सिकोड़ कर चलती थी। एक बार तो खुद उसके बाप को शक हो गया। दिन भर का थाका-माँदा वह चौके में बैठ कर रोटी खा रहा था। लड़की ने रोटी थाली में डाली और पलट कर उसी तरह झुकी झुकी जाने लगी। बाप लखता रहा और फिर गुस्से में भड़क उठा।

'एऽऽ, क्या छिपाये लिए जा रही है?"

'कुछ तो नहीं।' लड़की घूमी और बाप के सामने वैसे ही कन्धे सिकोड़े, नज़रें नीची किए खड़ी रही।

'ऐसे क्यों खड़ी है, सीधी खड़ी हो।' बाप ने कहा।

'छोटी, तू अन्दर जा।' माँ ने रोटी पोते हुए कहा।

बाद में माँ ने उसके बाप को समझाया तो बाप माथा पकड़ बैठ गया, 'अभी कल ही तो पैदा हुई।'

'हुड्ड भर की हो गई, कल ही पैदा हुई।' माँ ने कहा।

बाप भनभनाता हुआ उठ गया।

[4]

बड़ी बहन का भाग्य अच्छा था। गोपेश्वर के एक कॉलेज में उसकी तदर्थ नियुक्ति हो गई। कुछ न होने से तो कुछ होना बेहतर था। उसकी रिसर्च पूरी नहीं हुई थी लेकिन रिसर्च के बाद ही कौन गारंटी थी। और फिर उस लड़के का रूपया भी भरना था। सो उसने तय किया कि वह चुपके-चुपके जाएगी। वहाँ ऊपर गोपेश्वर में ठण्ड होगी, यह सोच कर दोनों बहनें बाज़ार गईं और पिछले साल के स्टॉक में बचे कुछ सस्ते स्वेटर और सस्ते दामों में खरीदा।

'मैं लौट कर आती हूँ तो कमरे का हिसाब करते हैं।' बड़ी बहन ने जाते-जाते कहा।

'हिसाब?'

'हाँ, अभी से मैम को बताना नहीं है। तुम कुछ मत बोलना, समझीं।' बड़ी बहन ने डिब्बे की खिड़की से कहा।

'कोई पूछेगा तो?' छोटी बहन ने कहा।

'कह देना, मैं घर गई हूँ।' बड़ी बहन हँसी।

'कोई भी पूछेगा तो यही कहूँगी।' छोटी बहन ने जैसे मान लिया।

'और डरना मत।' बड़ी बहन ने कहा।

छोटी बहन ने आँखों से उलहना दिया।

'किसी से भी डरना मत।' बड़ी बहन ने फिर कहा।

छोटी बहन ने स्वीकार में सिर हिलाया।

'हॉस्टल में किसी की बात पर कान मत देना। और मैम से शिकायत मत करना। कुछ सुनाई भी पड़ जाए तो पी जाना। हमारे बारे में अपमानजनक बातें होती ही रहती हैं। और क्लॉस में भी। अपना काम करना है चुपचाप। और कोई बात फँस ही जाए तो मनोज से मिल लेना।' बड़ी बहन ने उपदेश की शैली में कहा।

'क्यों मिल लेना?' छोटी बहन ने आँखें उठाईं।

'क्यों क्या!' बड़ी बहन ने गाड़ी छूटते छूटते कहा।

[5]

बड़ी बहन के जाने से जहाँ पैसों की कुछ सुविधा हुई वहीं छोटी बहन, यानी हमारी

कहानी की लड़की की बहुत सारी समस्याएँ विकराल रूप से बढ़ गईं। यूनिवर्सिटी कैम्पस में, क्लास में, आते-जाते, और हॉस्टल में, मेस में, लेवेटरी और नहानघर में। और तो और, मैम के साथ भी। मैत्रेयी ने रिपोर्ट की कि सुखंडी चली गई और कमरा खाली है। लड़कियाँ बोलीं कि डबल बू अब सिंगिल है, लेकिन नहानघर अभी भी इनके निकलने के बाद पंद्रह मिनट खुला रखना पड़ता है। उसमें फ़्लिट मारो या मैत्रेयी का गाजीपुरिया इत्र छिड़को। यू. डी. कोलोन बेकार है और खिड़की से भक्का निकलता है। साइकॉलोजी के पीछे वाले रास्ते पर इंतजार करना पड़ता है ताकि ये सब निकल जाँय। कुछ करो यार, इससे भी ज्यादा बढ़ा-चढ़ा कर कुछ करो, ऐसा कुछ सटीक मारो कि छुट्टी मिले। बीच का कमरा है, और इतना बढ़िया। सुबह सीधी धूप आती है और सुवर्णरेखा उत्तर-मुँह वाले कमरे में पड़ी भिनभिना रही है। उसकी स्किन सूख रही है और खुजली के आसार हैं जबकि वह सौन्दर्य प्रतियोगिता में मुम्बई जाने वाली है और उसका सीधा टार्गेट ऋतिक रौशन है। वह छू भी देगा तो सुवर्णरेखा तर जाएगी। और हमारी माँ ने जो दादी के नुस्खे से उबटन तैयार किया था, कहा था कि उसे धूप में गरम करके लगाना और ये कलूटी सारी धूप छेंके बैठी है। पूरब-मुँह कमरा लेगी और निकलेगी तो प्याज का गठ्ठा बन कर निकलेगी। मैत्रेयी को यूनिवर्सिटी में गुंडई और ठट्ठे से फ़ुर्सत नहीं और हम उसे नेती माने बैठे हैं।

और साइकॉलोजी के आगे जो तिकोनी है वहाँ चार-पाँच लड़के तके खड़े रहते हैं।

'आ रही है।' एक लड़का बोलता है।

'हाय मेरी जान!' पास आने पर उनमें से दूसरा लड़का बोलता है।

लड़की को लगता है, उसके सलवार-कुर्ते के अन्दर एकाएक काले चींटे भरभरा कर निकल आए हैं। वह घबराहट में अपने वक्ष पर अपना तह किया हुआ सफ़ेद-मटमैला दुपट्टा ठीक करती है।

'मारकीन-ब्रांड है यार! 'कोई लड़का बोलता है।

'ओल्ड इज़ गोल्ड।' कोई कहता है। वे साथ-साथ पीछे-पीछे चलने लगते हैं।

मेरे पिता जी कहते हैं', " आइ लव ओल्ड फ्रेण्ड्स, ओल्ड होम, ओल्ड फ़ैशन, ओल्ड गर्ल्स।" एक लड़का बोलता है।

'तुम्हारे पिता जी ज्योतिषी हैं क्या?' कोई और लड़का पूछता है।

लड़की को पसीना आने लगता है। वह अपनी चाल तेज़ कर देती है। वह आगे-पीछे, अगल-बगल कन्खियों से लड़कियों के झुंड ढूँढ़ रही है। विभाग अभी थोड़ी दूर है। बड़ी बहन कह कर गई है, 'कुछ सुनना मत, कुछ घटित हो तो पी जाना। रिपोर्ट मत करना। चुपचाप अपना काम करना।' कितना पिये? लड़की को

चलते-चलते हूल उठ रही है। लेकिन उसके पीछे ज्योतिष की चर्चा अभी जारी है।

'थोड़ा बहुत हाथ तो मैं भी देख लेता हूँ।' पिता जी वाला लड़का कहता है।

'देख यार, मेरी लहेगी कि नहीं?' लड़का अपने दोस्त के आगे चलते-चलते हथेली फैलाता है।

'अफ़सोस, तेरी भाग्य-रेखा उल्टी है।' इस पर सारे लड़के हँसते हैं।

लड़की ने अपनी गर्दन और चेहरे पर पाउडर से पफ़ किया था। लेकिन लगता है, अब वहाँ पसीने की बूँदें हैं।

'क्या बात है यार! जैसे काली जमुनियाँ पर नमक छिड़का हो।' इस पर फिर हा-हा-हा-हा।

'सुना कोई मनोज पाँड़े है, उसने खरीदा है।' कोई लड़का कहता है।

लड़की एकाएक घूम कर खड़ी हो जाती है।

'वा...वाह!' एक लड़का बोलता है।

लड़की चुपचाप तन कर खड़ी है।

'लम्बा झाड़ू पकड़ा दो भाइयों, ये पढ़-लिख कर क्या करेगी?' एक लड़का ज़ोर से बोलता हैं।

लेकिन लड़की खड़ी है तो खड़ी है।

'चलो यार, जमादारिनों के मुँह लगते हो।' एक लड़का कहता है। सारे लड़के दाँएँ-बाँएँ विभागों की ओर खिसक जाते हैं।

[6]

क्लॉस में सर फ़र्रुखसियर पर कोई बात कर रहे थे। औरंगज़ेब के प्रधानमंत्री जुल्फ़िकार ख़ाँ को फ़र्रुखसियर ने कैसे मरवाया? 'वह एक चुप्पा हत्यारा था',—सर कह रहे थे, 'जबकि मुग़लों के ज़माने में खुली हत्याओं का चलन था। यह भारतीय ब्राह्मणी संस्कृति का असर है जो चुपके-चुपके वध करती है और उसके लिए एक ख़ूबसूरत मंच और सधे अभिनेता और विचारों की धुँधली रोशनी और तार्किक कुतर्क का संसार रचती है। इस मामले में ब्राह्मण और मुग़ल और सैय्यद—सब एक हैं। फ़र्रुखसियर जो निहायत कायर और डरपोंक था, उसने सैय्यद भाइयों के बल पर पटना से चल कर महरौली में डेरा डाला। औरंगज़ेब का पुराना और बूढ़ा प्रधानमंत्री असद खाँ अपने अधेड़ और बहादुर बेटे जुल्फिकार ख़ाँ के दोनों हाथ बाँध कर एक कैदी के

रूप में फ़र्रुखसियर के दरबार में ले गया। उसने फ़र्रुखसियर से यह भी कहा कि 'आप से बेवफ़ाई और बेअदबी करने वाले को मैं अपने साथ लाया हूँ।' असद ख़ाँ सोचता था कि यों वह नए विजेता बादशाह को प्रभावित कर लेगा और उसका इकलौता बेटा बच जाएगा और फिर फ़र्माबरदार साबित हो जाएगा। फ़र्रुखसियर ने ठीक यही खेल खेला। वह गद्दी से उठा और खुद जा कर ज़ुल्फिकार खाँ के बँधे हाथ खोल दिए। उसे अपने साथ ले जा कर बगल में बैठाया और बूढ़े असद खाँ से कहा कि 'आप थके होंगे हुज़ूर, जा कर आराम कीजिए।' फिर उस शामियाने से अलग एक छोटे शामियाने में ज़ुल्फिकार ख़ाँ का दस्तरख़ान सजाया गया। खाना खाने के बाद वह खेल शुरू हुआ। हथियारबन्द सिपाहियों के एक दस्ते ने तीन तरफ़ से ज़ुल्फ़िकार ख़ाँ को घेर लिया। फ़र्रुखसियर बगल के शाही शामियाने में बैठा। तब नाटक का वह अद्‌भुत दृश्य, वह अभिनय, आरोपों की वह कठिन और क्रूर झिलमिली शुरू हुई, जो शेक्सपियर, कालिदास और ब्रेश्ट की रंगमंचीय कला से कहीं अधिक सघन, कहीं अधिक चमकदार और चमत्कृत करने वाली है। बेकेट भी ऐसे विसंगत, भोंडे, क्लासिकीय और नियतिवादी दमक से भरपूर अभिनय की कल्पना नहीं कर सकते थे। नायक घिरा हुआ और खलनायक सिंहासन पर पर्दे में—क्रूरतम न्याय के लिए गुस्से में भड़कता हुआ। फ़र्रुखसियर एक हरकारे से अपने आरोप शाही शामियाने से ज़ुल्फिकार ख़ाँ के पास भिजवाता। हरकारा उसे ज्यों का त्यों दुहराता और ज़ुल्फ़िकार ख़ाँ जवाब देता। उस जवाब को पुनः हरकारा शाही शामियाने में जा कर फ़र्रुखसियर के सामने दुहराता। यह संवाद की अनहोनी शैली थी और यही शैली ब्राह्मणवाद की भी शैली है। अन्त में जब ज़ुल्फिकार ख़ाँ समझ गया कि बचना नहीं है तो उसने कहा, 'सवाल-जवाब बेकार है, तुम्हें जो करना है कर लो।' तब छिपे हब्शियों के एक दल ने उसे पटक कर तब तक रौंदा जब तक उसकी लेंदी-पोंटी नहीं निकल गई। इसे कहते हैं दलन -मलन। और यह तो एक प्रतीक है'—सर ने कहा।

लड़की इस सारे लेक्चर के दौरान हॉस्टल पहुँचने की बात सोचती रही। सर की आवाज़ उसे कई बार दूर से आती हुई लगती। कई बार उसे लगता कि वह अपने शरीर से बाहर निकल गई है और बहन के साथ ट्रेन में बैठी है। वहाँ पहाड़ हैं, बर्फानी चोटियाँ हैं, बादल हैं और ठण्ड है। उसने लेक्चर पर अपना ध्यान केन्द्रित करने की कोशिश की। वह हड़बड़ाई और इधर-उधर देखा। उसे लगा, उसके कुर्ते के भीतर

फिर काले चींटे रेंग रहे हैं। उसे अजीब-सी झुनझुनी महसूस होने लगी। जब भी सर मुगलवंश की इस कहानी में ब्राह्मणों का नाम लाते, कुछ लड़के मुस्कुराते। एक पान चबाते हुए लड़के ने जोर से थूका लेकिन उन पर कुछ असर नहीं हुआ। तब एक लड़का बड़ी ऐंठी हुई शैली में उठ खड़ा हुआ।

'सर!' उसने उँगली से उनकी आँखों की तरफ़ कालिदासीय शैली में इशारा किया।

सर उसकी तरफ़ देखने लगे।

'आप भी तो ब्राह्मण हैं।' लड़के ने कहा।

'लेकिन मैं तो डि-क्लास हूँ।' सर ने अपनी छाती पर उँगली से ठोंकते हुए कहा।

इस पर लड़का ज़ोर से हँसा।

'क्यों, हँसे क्यों?' सर ने सवाल किया।

'इसलिए कि आप बिल्कुल ऐब्सर्ड बातें कर रहे हैं।' लड़के ने कहा।

'तर्क करो, कैसे?' सर जी ने कहा।

'ऐब्सर्ड के लिए क्या तर्क करूँ?' लड़का बैठने को हुआ।

'नहीं, मैं तैयार हूँ।'

'सर, आप बुरा तो नहीं मानेंगे?' लड़के ने पूछा।

'नहीं, बिल्कुल नहीं।'

'सर, आप डि-क्लॉस हो सकते हैं, डि-कास्ट नहीं हो सकते इस समाज में। 'लड़का बोला।

'हे...हेऽऽ।' लड़कों ने अनायास ताली बजाई।

'और अगर हों तो?' सर जी ने पूछा।

'तो आप एक अवसरवादी ढोंग फैलाएँगे। यहाँ जो बड़े-बड़े डि-क्लास मार्क्सवादी हैं, वो भी अगर ब्राह्मण हैं तो पहले ब्राह्मण हैं और अगर शूद्र हैं तो पहले शूद्र हैं। और सभी पार्टियों का यही हाल है।' लड़का बैठ गया।

लड़की क्लॉस से निकल कर सीधे तीर की तरह हॉस्टल की ओर भागी। उसकी नज़रें नीची थीं लेकिन वह चारों ओर देख रही थी। उसे डर लग रहा था। कैसे उसकी बहन ने कहा कि 'डरना बिल्कुल मत।' जिस लड़के ने डि-क्लास और डि-कास्ट वाली बात उठाई थी, उसने ब्राह्मण कहा तो किसी ब्राह्मण लड़की की तरफ़ नहीं देखा, लेकिन जब शूद्र कहा तो लड़की को घूरते हुए कहा। उसकी आँखों में कुछ अजीब सा था। वहशत या उपहास या नफ़रत या फ़्लर्टेशन, फ़र्क करना मुश्किल था। उसकी

बात में जो एक लाचार किस्म की भरपूर सच्चाई थी, वह उसके घूरने से कम हो गई। कम-से-कम उस लड़की के लिए तो उसका वज़न कम हो ही गया—यह सोचती हुई जैसे वह भाग रही थी। उसके चलने में भागना था और भागने में दहशत थी। हॉस्टल परिसर में सन्नाटा था। वह सीधी अपने कमरे में गई और बिस्तर में ढह गई।

पता नहीं किस सुखद स्वप्न या दु:स्वप्न या थकान, हताशा और डर में लड़की बेसुध सो गई। वह कमरे का दरवाजा बन्द करना भी भूल गई। दरवाज़ा थोड़ा उमँगाया हुआ था। उसने कपड़े भी नहीं बदले। किताबें-कापियाँ भी पायताने पड़ी हुई थीं। वह हल्के करवट में लेटी थी। एक पैर का घुटना उठा हुआ था और कमर टेढ़ी हो कर वह वक्ष से उतान हो गई थी। उसका दुपट्टा बिखरा हुआ, दबा-कुचला पड़ा था। तभी चार बजे के आसपास मैम राउण्ड पर निकलीं। पीछे-पीछे दाइयाँ, खानसामिन और माई। बरामदों में चलते हुए वे कभी, किसी कमरे के सामने हल्के से थमतीं और एक उड़ती हुई नज़र डालती आगे बढ़ जातीं। हर कमरे के सामने बरामदे की दीवार या तार पर लड़कियों के गीले कपड़े लटक रहे थे। लड़कियाँ अपने कमरों में सटक गईं या जहाँ खड़ी थीं वहीं चुपचाप खड़ी रहीं। तीस नम्बर, यानी लड़की के कमरे के सामने मैम रुकीं, झिरी से झाँका और फिर हल्के हाथों से दरवाज़ा खोल दिया। अब लड़की अपने पूरे संभार के साथ उनके सामने साकार थी। वे ठिठक कर चुपचाप निरखती रहीं।

'वाऽऽउ।' उनके मुँह से निकला।

दाइयों, खानसामिन या माई ने कुछ नहीं समझा। वे चुपचाप बरामदे में उनके पीछे खड़ी थीं।

'ह्वाट ए रेयर फ़िगर!' मैम के मुँह से निकला और वे माई को इस बात का इशारा करती आगे बढ़ गईं कि दरवाज़ा उठँगा दे।

[7]

मैम अपने देश की सर्वाधिक फ़ैशनेबिल और नवजात यूनिवर्सिटी की छात्रा थीं। अपनी अविश्वसनीय देहयष्टि और उसके गुमान और नाज़-ओ-नखरे के कारण वे पूरी यूनिवर्सिटी में छाई हुई थीं। वे अक्सर जीन्स और टॉप में अपनी लम्बी चोटी को

आगे-पीछे फेंकती पत्थरों के ऊबड़-खाबड़ में लड़कों के साथ हँसी-ठट्ठा करती, गोधूलि का मज़ा लेती टहलती या कहीं बैठी रहतीं। चाहे जितना आधुनिक पहनावा हो, वे अपनी गाय की आँखों जैसी बड़ी-बड़ी आँखों में आकर्ण मोटा काजल आँजे रहतीं। उनको देख कर एक शरारती लड़का अक्सर निराला की एक पंक्ति से उनको दुलराता—'निरंजन बने नयन अंजन।' जब मैम को उसने इस पंक्ति का अर्थ समझाया तो उन्होंने गोधूलि के अँधेरे और प्रशान्ति को लक्ष्य करते हुए लड़के को एक भरपूर गाली निकाली—'स्साले, ' और पत्थरों के बीच फुदकती नीचे घाटी की झाड़ियों में उतर गईं। वहाँ से लौटने पर मैम ने सोचा कि वह एक आध्यात्मिक दु:स्वप्न था जो उनके वास्तविक जीवन में कभी नहीं घटा। कहते हैं कि लत बुरी चीज़ होती है, लेकिन लत तो लत, मैम ने फिर पीछे मुड़ कर नहीं देखा। घाटी में उतरा हुआ छेने के रसगुल्ले का रसा उनके आहार का अनिवार्य अंग बन गया। कई बार जब यह रसा रंगबाजी दिखाने लगता तो मैम सीधे पल्ले की साड़ी पहन कर अक्सर थोड़े-थोड़े दिनों के लिए सधुआ जातीं। तब उनके गुलामों को अचम्भा होता। ऐसी ही झुंझलाहट में हजारीबाग के एक बिहारी ने चुनाव की भरी सभा में चिल्ला कर कहा था—'छिनाल नम्बर कुम्भीपाक।' मैम, जो चुनावी मैदान में थीं और लड़कियों की मुक्ति पर दहाड़ रही थीं, एकाएक सन्नाटे में आ गईं। फिर उन्होंने माइक पर ही चिल्ला कर कहा—'पुरुष-सत्ता का उत्खनित विलाप।' इस पर चारों ओर 'मैम ज़िन्दाबाद' के नारे लगे थे और मैम के एक नए प्रत्याशी ने उस बिहारी को गर्दन से पकड़ कर हवा में उठा लिया था। यह बात दूसरी है कि मैम नारी मुक्ति के उस चढ़बाँक आन्दोलन में इक्कीस मतों से हार गईं और उन्होंने राजनीति से सदा के लिए संन्यास ले लिया। लेकिन बड़े चालाक तरीके और दूर दृष्टि, पक्के इरादे के साथ उन्होंने सारी डिग्रियाँ हासिल कीं और प्रदेश के इस 'जंगली' और 'असभ्य' विश्वविद्यालय में आ कर बम की तरह फट पड़ीं। इस अचानक विस्फोट से बहुत लोग घायल हुए। अध्यापक तो अध्यापक, कई भोले-भाले छात्रों को भी छर्रे लगे और बहुत सारे लोग बहुत समय बीत जाने पर भी एकान्त अँधेरों में आनन्द के अतिरेक में 'आह आह' करते हुए पाये जाते हैं। वैसे मैम को किसिम-किसिम के स्वाद बहुत पसन्द हैं। काफ़ी दिनों तक वे विदेशी ब्रांडों की फ़ैन रहीं और जनता-जनार्दन का कहना था कि वे देसी स्वाद पर लौटने वाली नहीं। लेकिन मैम ने धीरे-धीरे महसूस किया कि इनमें वो नशा कहाँ, जो देसी ब्रांड में है। कभी-कभी पन्नी हो तो बेहतर, क्योंकि उसकी तासीर बड़ी ज़बर्दस्त होती है। लेकिन अब ज़्यादातर मैम मिलिटरी पर निर्भर करती हैं—वेल-पैक्ड, खाँटी और स्मार्ट।

[8]

लेकिन उनके पति यानी हमारे शार्दूल विक्रम सिंह गर्भ से ही लाल लँगोट और लाल झंडे के साथ पैदा हुए थे। वे लँगोट के पक्के भी थे और मेरी जान, आज भी हैं। यह बात दूसरी है कि सोते-जागते, गफ़लत में कभी-कभार उनके लाल-लँगोट का पोंछिटा खुल जाता है। बाद में वे झाँकते हैं तो उन्हें सुखद-दुखद आश्चर्य होता है। वे पोंछिटा खोंस लेते हैं और तुरन्त लाल झंडे के पक्ष में नारे लगाने लगते हैं। उनके पिता जी इससे बहुत नाराज़ रहते हैं। सिद्धार्थनगर के लाल झंडे और लाल लँगोट वाले दर्जियों को पिता जी ने कई बार मना किया, कई बार चिरौरी की, कई बार झगड़ भी गए लेकिन साले मानते ही नहीं। जहाँ बच्चा के दिमाग से यह फ़ितूर थोड़ा उतरा, झंडा-लँगोट, दोनों ले कर हाजिर। पूज्य पिता जी का कहना था कि ये गाँडू साले सीमा पार नैपाल से झंडा-लँगोट स्मगल करके यहाँ मँहगे दामों में बेचते हैं। उधर कोई माँझी, लाल या अधिकारी है, जो ये सब सप्लाई करता है। पता करते-करते पिता जी एक बार करौती गाँव के पास चोरी से सीमा लाँघ गए। पता लगा कि लँगोट तो यहीं बनते हैं लेकिन झंडे मानसरोवर के पार से आते हैं। पिता जी उस खच्चर की शकल-सूरत भी देख आए जो इनकी लदनी लेकर आता था। इसके बाद पिता जी ने अपने बेटे को लगभग देशद्रोही घोषित करते-करते छोड़ा। उन्हें संतोष सिर्फ़ इस बात का था कि वे सारे स्मगलर जहाँ लँगोट के पक्के हैं, वहाँ मेरे बेटे का पोंछिटा कभी-कभी खुल भी जाता है और वह दिन दूर नहीं जब उसकी कमर दगियल हो जाएगी और वह इसे खोल-खाल कर फेंक देगा और इन दुकड़हे देसी दर्जियों और विदेशी स्मगलरों के चंगुल से मुक्त हो जाएगा। पूज्य पिता जी गाँधी जी के भक्त थे—धोती-कुर्त्ता, चादर-अँगोछे तक सीमित। लँगोट से उन्हें सख़्त नफ़रत थी। उनका मानना था कि भारतीय पुरुषत्व की हाँड़ी को दाँये बाएँ कहीं तो जगह दो। अगर कहीं गड़बड़ हुआ तो वंश कैसे चलेगा, क्योंकि अधिकांश पहलवान बाँधे-बाँधे नपुंसक हो जाते हैं। पिता जी के भीतर लाल लँगोट और लाल झंडे को लेकर जो गाँठ पड़ गई थी वह करकती रही और आखिर एक दिन वे बेटे पर उबल ही पड़े। सुबह शार्दूल विक्रम सिंह ने नदी में स्नान किया, आम्र-वन के अखाड़े में लाल लँगोट लगा कर कसरत की, बदन बनाया, खाना-वाना खा कर कंधे पर लाल झंडा टाँगे सिद्धार्थनगर चल दिए। वहाँ कचहरी पर धरना था। वहाँ से साँझ ढले लौटे तो पिता जी भरे हुए बैठे थे।

'ये क्या लँहकटई है जी?' उन्होंने सुर्ती फटकते हुए कहा।

'पहले आप सुर्ती फाँक लीजिए।' शार्दूल विक्रम सिंह ने कहा। 'फाँक लेता

हूँ।' पिता जी ने सुर्ती फाँक कर हथेलियाँ झाड़ीं।

शार्दूल विक्रम सिंह ने झंडा निगस्ते में उठगाया और सामने खटिया पर बैठ गए।

'झटके मत खाओ। जहाँ मैं टोकता हूँ, बात तुम्हारे कपार में चढ़ जाती है और गर्दन है कि सट्ट-सट्ट—कभी दाँएँ, कभी बाँएँ। मेरे आदि-औलाद में कोई झटका नहीं खाया।' पिता जी ने मरम्म पर चोट की।

'आप पढ़े-लिखे मूर्ख हैं।' शार्दूल विक्रम सिंह ने पिता जी की अंडी की नस जैसे प्लास से पकड़ कर चिटका दी।

'ए भाई...ए भाई! 'पिता जी ने सूर्ती थूकी और चिल्लाए।

'मैं आप का पुत्र हूँ, भाई-वाई नहीं।' कॉमरेड ने कहा।

'मैं पूछता हूँ, ये क्या है जी? ये लाल लँगोट और लाल झंडा? हम लोगों के आदि-औलाद में कोई पहलवान नहीं हुआ। और ये डंडी-झंडी—ये क्या है? हनुमानजी का भी लाल झंडा और लाल लँगोट और तुम्हारा भी? तुम बजरंग दल की संतान हो कि मेरे बुन्द से पैदा हुए हो जी? आर. एस. एस. वालों और विहिप और बजरंग दल, और तुममें कोई भीतरी साँठ-गाँठ है क्या? मैं भी राजनीति समझता हूँ और ये मत समझो कि तुमसे कम तेजूखाँव था। अरे, मुझे तो तब दो रूपये का वज़ीफ़ा भी मिला था। और तब ये नम्बर बढ़वाई का धन्धा भी नहीं चला था, जो मैंने तुम्हारे लिए किया, जिसके बल पर तुम बावन-बीर बने घूम रहे हो।' पिता जी ने बची-खुची सुर्ती पिच्च से थूकी।

'अब तो मुझे लगता है, आप अनपढ़ भी हैं।' शार्दूल विक्रम सिंह ने परम प्रशान्त भाव से कहा।

'मैं अनपढ़ हूँ तब भी मैं जानता हूँ। अगर कम्यूनिस्टों और हनुमानवादियों में कोई फ़र्क भी है तो वो तुममें नहीं रहेगा।' पिता जी ने कहा।

'क्यों?' शार्दूल विक्रम सिंह, जिन्होंने फाटक से लगी अपनी माँ को देख लिया था और उठ कर उधर जाने को थे, एकाएक रुक गए।

'क्योंकि तुम लँगोट के पक्के नहीं हो। और ये बात...तेरा बाप, ये बाप कह रहा है।' पिता जी ने अपनी चौड़ी छाती ठोंकते हुए कहा।

इस सारी चिकचिक के बावजूद शार्दूल विक्रम सिंह इस नगर और इस यूनिवर्सिटी में लाल लँगोट और लाल झंडे के साथ अवतरित हुए। आते ही यहाँ की लाल दुनिया में उन्होंने हड़बोंग मचा दिया। एकाध महीने तो उन्होंने हालात का जायजा लिया और

उसके बाद तत्काल एक पत्र महासचिव को लिख भेजा। उस पत्र में एक वाक्य ख़ास तौर से ग़ौर करने लायक था, 'आप लोगों के पास यहाँ क्या बचा है—सिवा बड़बोली और आस्था के? यह शुद्ध संशोधनवाद है। इसी के चलते आप लोग आपात्काल में मारे गए। कॉमरेड स्टालिन ज़िन्दाबाद, कॉमरेड माओ ज़िन्दाबाद।' महासचिव दुनिया भर की व्यावहारिक राजनीति में फँसे थे। तब तक शार्दूल विक्रम सिंह ने दूसरा पत्र लिख मारा। महासचिव ने अँउजा कर दोनों पत्र प्रदेश-प्रभारी के हवाले किए और लिखा कि यह नौजवान काम का लगता है, थोड़ी लगाम कसने की ज़रूरत है। किसी स्थानीय कॉमरेड को सौंपो। यह काम कॉमरेड अश्विनी पासवान को सौंपा गया जो किसी भी स्थिति में उत्तेजित नहीं होते थे। शार्दूल विक्रम सिंह सरेस की बाल्टी और पोस्टर लेकर रात-रात भर चिपकाते। सुबह नहा-धो, मुँह-अँधेरे कसरत कर फ़िटफ़ाट सड़क पर और हॉस्टल के कमरों में! लड़के आँखें मींचते हुए उठते, लेकिन शार्दूल विक्रम सिंह सिर्फ़ हाथ मिलाते और झटका खाते, अपने सम्पर्क अभियान में आगे बढ़ जाते। एक बार एक धरने में अपना भड़काऊ भाषण देने के बाद जब कार्यकर्ताओं ने शहर पहुँचने के लिए एक ट्रक रोकी तो शार्दूल विक्रम सिंह बिफर गए। उन्होंने चिल्ला कर कहा कि यह एक शुद्ध शोषण और अशुद्ध सुविधावाद है। सारे कार्यकर्ता इस अशुद्ध सुविधावाद की सवारी करते हुए शहर लौटे लेकिन शार्दूल विक्रम सिंह अकेले झंडा उठाये, पैदल चलते हुए अपने हॉस्टल लौटे।

शार्दूल विक्रम सिंह अपने पूज्य गुरू जी का बहुत आदर करते थे और गुरू जी ने भी उन पर दाँव लगा रखा था। गुरू जी का नारा है कि 'पुत्रात् शिष्यात् इच्छेत पराजयं।' तो अपनी इसी इच्छा की पूर्ति के लिए उन्होंने शार्दूल विक्रम सिंह को ढंग से पढ़ाया—यूनिवर्सिटी की पढ़ाई भी और जो कॉमरेड पासवान से छूटा-छटका था, वह राजनीति की पढ़ाई भी। लेकिन गुरू जी ने अक्सर देखा कि शार्दूल विक्रम एक ऐसे कॉमरेड की कुसंगति में रहते हैं जो अपने लँगोट का पोंछिटा पाजामे के नाड़े के ऊपर लटकाये रहता है। गुरू जी ने इसके लिए शार्दूल विक्रम सिंह की किंचित् भर्त्सना की तो उन्होंने शर्म से निगाहें झुका लीं और बाएँ-दाएँ देखा।

'दाँएँ देखना ठीक नहीं।' गुरू जी ने कहा।

'और अगर दाँएँ गड्ढा-गुड्ढी हो तो गुरू जी?' शार्दूल विक्रम सिंह को तर्क मिला।

'तो ज़्यादा बाँएँ झुक जाओ।' गुरू जी ने कहा।

'और अगर उधर भी हो तो?'

'तो आगे-पीछे हो जाओ।'

'और आगे-पीछे भी हो तो?'

'तो सवाल यह होगा कि तुम उस सुरक्षित, विचारहीन जगह पर पहुँचे ही कैसे?' गुरू जी ने कहा!

'यही तो मेरी भी समझ में नहीं आता गुरू जी!' शार्दूल विक्रम सिंह ने कहा।

शार्दूल विक्रम सिंह ने भी उसी दूर दृष्टि, पक्के इरादे के साथ पढ़ाई पूरी की और विभाग में नियुक्ति के लिए प्रत्याशी बने। पार्टी ने अपने इस ज्वालामुखी के लिए सारे संसाधन झोंक दिए और शार्दूल विक्रम सिंह बाँएँ-दाँएँ कूदते-कादते विभाग में पहुँच गए। फिर भी शार्दूल विक्रम सिंह झटके की झोंक में कभी-कभी ज़रूरत से ज़्यादा बाँएँ झुक जाते। ऐसी ही उत्तेजना में एक बार उन्होंने राज्य-प्रभारी के सामने प्रस्ताव रखा कि वे नौकरी छोड़ कर पार्टी का होल-टाइमर बनना चाहते हैं। इस पर राज्य कमेटी की बैठक में विचार हुआ और उन्हें यह निर्णय सुनाया गया कि इसकी क्या ज़रूरत है। अगर वे पार्टी की सेवा ही करना चाहते हैं तो अपनी लम्बी तनखा में से लेवी के अलावा दो होल-टाइमरों का पैसा देते रहें। कॉमरेड शार्दूल विक्रम सिंह ने इस सुझाव को बहुत ज़्यादा दाँएँ झुकते हुए नामंजूर कर दिया और कई दिनों तक कई साथियों के क़त्लेआम की धमकी सुबह के सम्पर्क-अभियान में देते रहे। यही नहीं, इसे उन्होंने ठगों और उचक्कों द्वारा अपनी तनखा में सेंध लगाने की संज्ञा दी और महासचिव को लिखा कि कृपया, इसे संज्ञान में लें।

[9]

लेकिन नौकरी के बाद असली मामला तो दूसरी जगह फँसा। उनके पिता जी इसी अवसर को तके बैठे थे। तो अब वह शुभ घड़ी आ गई थी। शार्दूल विक्रम सिंह की शादी के लिए ठग ठाकुर चींटे की तरह निकल पड़े। दे: जन्मकुंडली, दे: बॉयो डेटा, दे: फोटू, दे: मोल-भाव और दे: नायिका-वर्णन और दे: लपक-झपक। उनके पूज्य पिता जी आकंठ आप्लावित होने को व्याकुल और कॉमरेड शार्दूल विक्रम सिंह थे कि नाक पर मक्खी न बैठने दें। रोज़ लिफ़ाफे भर के आएँ और रोज़ उल्टे पाँव लौटें।

‘बहुत पैसा ख़र्च होता है पिता जी! ‘अन्त में एक दिन चिढ़ कर कॉमरेड ने फ़ोन किया।

‘किस बात में?’ पिता जी ने पूछा।

‘लिफ़ाफे लौटाने में।’ कॉमरेड ने कहा।

अरे, सारी उगाही एक्के साथ हो जाएगी।’ पिता जी ने समझाने के लहजे में कहा।

‘आप एकदम असभ्य हैं।’ कॉमरेड इधर से बोले।

‘मैं असभ्य हूँ तो तुम असभ्य के बाप हो।’ पिता जी गरजे।

‘बाप तो आप हैं।’ कॉमरेड ने कहा।

‘वो तो मैं हूँ ही। न होता तो भोगता!’ पिता जी उधर से बोले।

‘तो भोगते रहिए, इधर फ़ोन का पैसा चढ़ रहा है।’ शार्दूल विक्रम सिंह ने फ़ोन काट दिया।

कुछ दिनों की इस झींकाझाँईं के बाद उनके पूज्य पिता जी ने अपने मुँहलगे कहार चुडुक दास को निम्नलिखित मेघदूत संदेश के साथ भेजा—

‘उसको जा कर कहना कि सीधे से चला आए। न माने तो उसके हेड से बरमहल चिल्ला कर कहना कि यह कुबंस रंडीबाजी में रूपया फूँकता है और माँ-बाप दाने-दाने को तरस रहे हैं। और लँड़ऊ के झाँगर जौन एक ठो गुरू जी हैं, उनसे कहना कि पहले अपनी अंटी में झाँकें तो बाद में गुरुकुल खोलेंगे। और पार्टी के जिला सचिव से कह देना कि बहुत चढ़ें नहीं, ये बाबू विक्रमाजित सिंह का बेटा है, एक दिन ऐसा धोखा देगा कि सारा नशा सटक जाएगा।’

लेकिन चुड़क दास को किसी का संदेश पहुँचाना नहीं पड़ा। उसके पहुँचते ही शार्दूल विक्रम सिंह ख़तरा भाँप गए। वे क्लास से बाहर निकले, छुट्टी ली और झोला उठा कर चुड़क दास के साथ बस पर।

‘भइया हो, अब लँगोटा तियागि द।’ चुडुक दास ने बस पर बगल में बैठे हुए कहा।

‘हें-हें।’ शार्दूल विक्रम सिंह कन्खियों से हँसे।

‘बरमचारी से बड़ ब्यभिचारी केऊ नाहीं होला।’ चुडुक दास फिर बोला।

‘हें हें।’ कॉमरेड के मुँह से फिर निकला।

‘खाली हाथे के भरोसे रहत हैं सारे’

'हें-हें।'
'ना मनबऽऽ त तोहरो इहे हालि होई।'
'हें-हें।'
'तोहार माई-बाप हैं।'
'हें-हें।'
'आपन अगाड़ी-पिछाड़ी देखऽऽ।'
'हें-हें।'
'कौनों चबाइन पीछे परी है का?"
'हें-हें।'
'ठीके बा, घरवाँ चलऽ त 'हें-हें' के पता चली।' चुड़ुक दास चुप हो गया।

घर आकर शार्दूल सिक्रम सिंह सीधे पहले अन्दर गए। माँ को देखा। उन्हें कन्धे से छू कर हालचाल पूछा। माँ की वही एक शिकायत कि आँखी से आन्हर हो रही हैं और पीठ में दरद बढ़ गया है। और साँस फूलने लगती है तो कोई दवाई काम नहीं करती। कॉमरेड ने कहा कि अगले जाड़े में फुल्ली निकलवा देंगे, अभी पूरी तरह पक जाने दो। माँ का कहना था कि 'मैं नहीं रहूँगी तो इनका क्या होगा? सारी दुनिया पर चिंचियाते रहते हैं। चिंचियाते-चिंचियाते किसी दिन मर जाएँगे।' इस पर शार्दूल विक्रम सिंह ने जगत प्रसिद्ध आप्त वचन उद्धत किया कि 'मरना तो एक दिन सबको है माँ!'

'कुछ बक्कें-वक्कें तो ध्यान मत देना।' माँ ने बेटे को सलाह दी।

'बकना तो हमारी वंश-परम्परा में है माँ!' शार्दूल विक्रम सिंह ने कहा।

माँ अपने इस इकलौते-लाड़ले बेटे को निहारती रहीं।

हाथ-मुँह धो कर, कुछ खा-पी कर शार्दूल विक्रम सिंह बाहर निकले तो पिता जी अपना पोपला मुँह सिकोड़ सिकोड़ कर हुक्का खींच रहे थे। दोनों की आँखें एक बार लड़ीं लेकिन आगे बढ़ कर भिड़ीं नहीं। कॉमरेड ने बस पकड़ी और हालचाल लेने सिद्धार्थनगर रवाना हो गए। उनके पिता जी अन्दर आए और अपनी पत्नी से पूछा।

'चलऽऽ, खाना खाइ लऽऽ।' पत्नी ने कहा।

'अरे कोई बातचीत हुई, मैं पूछता हूँ।' पिता जी की आवाज़ तेज़ हो गई। 'थके-माँदे आए हैं।' पत्नी ने थाली परोसते हुए कहा।'

‘थके-माँदे...हेंह्...और आते ही हाथ भाँजते चल दिए।’ पिता जी झपटे।

‘तो क्या बैठ के तुम्हारा मुँह देखे?’ पत्नी ने कहा।

‘देखेगा, देखेगा, समय आने पर मेरा मुँह भी देखेगा।’ पिता जी जैसे धमकी के स्वर में बोल रहे थे।

‘दुनिया बदल गई है।’ पत्नी ने कहा।

‘तो मैं क्या करूँ, चाहूँ उसे लेकर?’ पिता जी ने पत्नी को देखा। ‘नहीं, चाटो मत, बेटे को गरियाओ भर पेट।’ पत्नी बोलीं।

‘ए भाई...ए भाई! ‘पिता जी ने आगबबूला हो कर पत्नी को देखा। उनकी पत्नी उठ गईं

‘फिर उन्हीं लँड़बहेरों के यहाँ गया है।’ पिता जी ने पत्नी को सुनाते हुए कहा।

‘सबको गाली बकता है ये आदमी।’ पत्नी भुनभुनाती हुई बाहर निकल गईं।

‘यह दुनिया गृहस्थी और गाली का चक्कर है देवी जी! बाकी तो मरन है, संन्यास है। तुम लोग चाहते हो, मैं खप्पर लेकर निकल जाऊँ। तो मैं निकलूंगा नहीं। यह मेरा घर है, और मेरा दर है।’ पिता जी ने अँचवते हुए प्रवचन, अधिकार और कलह की मिली-जुली शैली में कहा।

संझा को जब शार्दूल विक्रम सिंह लौटे तो पिता जी ने लगभग घेर लिया।

‘कहाँ गए थे?’ पिता जी ने पूछा।

‘हें-हें।’ कॉमरेड मुनमुनाये।

‘मैं पूछता हूँ, कहाँ गए थे?’ पिता जी की आवाज़ तेज़ हुई।

‘अपने अधिकार-क्षेत्र से बाहर मत जाइए। ‘कॉमरेड ने कहा।

‘मैं तुम्हारा बाप हूँ।’

‘उसके लिए क्या क़रूँ?’

‘तुम्हारा ब्याह होना है।’ पिता जी ने कहा।

‘उसकी कोई ज़रूरत नहीं।’ पुत्र जी बोले।

‘हम दोनों को कौन देखेगा?’ पिता जी थोड़े आर्त्त हुए।

‘तो आप खुद अपना विवाह कर लीजिए।’ कॉमरेड ने एकदम मुँहफटई से कहा।

‘ए भाई...ए भाई।’ पिता जी की आँखों से चिंगारियाँ निकलने लगीं।

‘ए भाई, ए भाई क्या अभी तो आप जवान हैं।’ कॉमरेड ने कहा।

‘तो मैं जवान हूँऊँ?’ पिता जी खटिया से उठ खड़े हुए।

'अभी तो बनिहारिनों से आप अपनी टेंट से चुनौटी निकलवाते हैं।' कॉमरेड बोले।

'निर्लज्ज...निष्ठुर...नाकारा...तुम्हें मर जाना चाहिए।' पिता जी छटपटाने लगे।

'आप इस बात को एक चिट्ठी में लिख भेजिए, मैं आत्महत्या कर लेता हूँ।' शार्दूल विक्रम सिंह ने कहा और उठ कर भीतर चले गए।

'मैं लिख दूँगा...लिख दूँगा मैं।' पिता जी चिल्लाये।

[10]

इसी कलह-मुहूर्त में शार्दूल विक्रम सिंह यूनिवर्सिटी लौटे। उन्होंने माओ-त्से-तुंग की एक किताब ख़रीदी और अपने एक प्रिय मित्र को भेंट करते हुए लिखा कि वे फ़लाँ तारीख तक आत्महत्या कर लेंगे। यह ख़बर आग की तरह साथियों के बीच फैल गई। उनके गुरू जी को ख़बर लगी तो वे बेचैन हो गए। उन्होंने अपने छात्र-कॉमरेडों की आपात बैठक बुलाई और इस विपत्ति से ख़बरदार रहने को कहा। ऐसा तेज़-तर्रार साथी, लेकिन उसमें यह ग्रन्थि है! वह तनाव में है, इसीलिए झटके खाता है। उसकी दवा-दारू का प्रबन्ध करो और नज़र रखो। उसने घर ले लिया है लेकिन वहाँ कभी नहीं जाता। हॉस्टल के पुराने साथियों के यहाँ सोता है और कभी करवट नहीं बदलता। किस हॉस्टल में कितने तखत आधा-आधा खाली रहते हैं, और किस रात कहाँ सोता है, इसका ध्यान रखो। लड़कों ने बताया कि जहाँ-जहाँ सर रात में विश्राम करते हैं, उन लड़कों को भी आधे बिस्तर में सोने की आदत पड़ गई है और वे सब भी करवट बदलना भूल गए हैं। लेकिन वे मात्र उनके 'स्लीपिंग पार्टनर' हैं सर, और उन्हें पता नहीं चलता कि वे कब आए, कब सोये, कब उठे और नहा-धो कर कब सड़क-सम्पर्क अभियान में निकल गए। वे सिर्फ़ हाथ मिलाते हैं और आगे बढ़ जाते हैं। उनका बोलना बहुत कम हो गया है। उस किताब वाले लड़के ने कहा कि उनका समर्पण दिखा कर पुलिस में रिपोर्ट कर देनी चाहिए। लेकिन गुरू जी ने मना किया कि वह फँस जाएगा और उसकी नौकरी पर भी आ बनेगी। कितनी मुश्किल से एक वाममार्गी को यूनिवर्सिटी में घुसाया है। उसके मकान मालिक से बोल दो कि ताले के ऊपर एक और ताला जड़ दे और जब ये जाए तो अपने सामने खोले और अपने सामने निकाल कर कमरा बन्द करे। एक टोही दल की स्थापना हुई जिसे यह काम सौंपा गया कि उसके सदस्यों में से कोई न कोई कॉमरेड शार्दूल विक्रम सिंह के क्रिया-कलापों

पर नज़र रखे। टोही दल के सदस्यों ने चिन्ता और उत्साह के साथ इस कार्य-भार को सिर माथे लिया।

लेकिन सामान्य तौर पर शार्दूल विक्रम सिंह के क्रिया-कलापों में कोई ख़ास फ़र्क नहीं दिखा। वे उसी तरह जगह-जगह आग उगलते हुए दुश्मनों और दोस्तों को साथ-साथ लताड़ते रहे। उनका सड़क-सम्पर्क और झटका जस का तस था। कहीं-न-कहीं किसी हॉस्टल के किसी बिस्तर के आधे भाग पर अचानक वे आधी रात को टपक कर अपने 'स्लीपिंग पार्टनर' के साथ पसर जाते। वे बाक़ायदा लेवी अदा करते, पोस्टर लगाते, क्लास लेते और बीच-बीच में इस बात का ज़िक्र ज़रूर करते कि पिता जी नरक किए हुए हैं। यह फूहड़पन है और इससे उन्हें इस जनम में छुट्टी नहीं मिलेगी।

'तुम सचमुच अपनी आत्महत्या की तारीख़ पर अटल हो?' उनके किताब वाले मित्र ने एक दिन पूछा।

'गुरू जी ने पुछवाया है? 'कॉमरेड ने कहा।

'तुम्हें कैसे मालूम?' उनका मित्र धचके में आ गया।

'हें-हें।' कॉमरेड हँसे।

'लेकिन तुमने आत्महत्या की तारीख़ सार्वजनिक क्यों की?' उनके मित्र ने पूछा।

'वह एक रहस्य है।' शार्दूल विक्रम सिंह ने कहा।

[11]

इस बीच टोही दल के रिसर्च सेंटर ने कुछ अद्‌भुत तथ्य इकट्ठे किए। सर, यानी शार्दूल विक्रम सिंह किसी भी हॉस्टल में दोपहर के भोजन के लिए नहीं पधारते। वे क्लास के बाद अन्तर्धान हो जाते हैं। टोही दल ने अपने एक शिशु गुप्तचर को उनके पीछे भी लगाया लेकिन उसे मिठाई-विठाई खिलाने के बाद कॉमरेड ने उसे डाँट कर भगा दिया। तब मात्र अनुमान के भरोसे टोही दल ने यह निर्णय लिया कि कॉमरेड अपनी आत्महत्या के हड़बा-हथियार और उचित जगह की तलाश में भूमिगत हैं। टोही दल के इस अनुमानित निर्णय के बाद बाएँ बाज़ू में खलबली मच गई। सबने उस जगह की खोज में जान की बाज़ी लगाने का प्रण किया। गुरू जी ने कहा कि ऐसे ज्वालामुखी के फूटने से पहले ही उसके फुस्स हो जाने से क्या फ़ायदा! तभी टोही

दल के उस शिशु गुप्तचर ने, जो अक्सर सुबह तक अपने तखत का आधा हिस्सा कॉमरेड के लिए ख़ाली रखता था, अन्तत: कॉमरेड की आत्महत्या की जगह खोज ही ली, और वह भी अचानक संयोगवश, जैसे कि भागते हुए उचक्के कभी-कभी बचने की फिराक में ही पुलिस की झोली में गिर जाते हैं। बालक अपने घर जाने के लिए स्टेशन पर खड़ा था कि अचानक जो दृश्य उसने देखा तो आँखें और चौड़ी कर लीं। शार्दूल विक्रम सिंह मैम के साथ, कुली के हाथों सामान उठवाये, जीन्स में मचर-मचर करते, रेलवे पुल से नीचे उतर रहे थे। मैम भी जीन्स में थीं और आँखों का मोटा काजल जस-का-तस था। टोही दल का बालक गाड़ी पकड़ने के बजाय सीधे हॉस्टल के रिसर्च सेंटर की ओर भागा।

'सर अपनी 'आंटी' के साथ कहीं जा रहे थे।' बालक ने हाँफ़ते हुए यह ख़बर दी।

सबने अपना माथा पकड़ा, दुखी हुए और हाथ पर हाथ धरे बैठ गए।

'तो आत्महत्या की जगह यह है।' उनके गुरू जी ने सुना तो कहा।

'और तारीख़ भी पक्की होगी सर!' शार्दूल विक्रम सिंह के किताब वाले मित्र ने कहा।

'तारीख़?' गुरू जी भौंचक हुए।

'विवाह की।' किताब वाले ने कहा।

'ओहो, ऐसा रहस्यवादी प्रतीक तो रवीन्द्रनाथ ने भी इस्तेमाल नहीं किया।' गुरूजी हँसे।

'कैसे करते सर, वे मार्क्सवादी जो नहीं थे।' किताब वाले ने कहा।

'कबीर ने भी नहीं किया सर!' एक शिष्य ने कहा।

लेकिन गुरू जी सुन नहीं रहे थे। वे अपने होनहार बिरवान के लिए दुखी और चिंतित थे। उन्होंने अपनी एक पुरानी महिला सहकर्मी से सलाह ली।

'का करी?' गुरू जी ने पूछा।

'का कइ सकत हो तू? केऊ सीवर के ढक्कने उठा के सूँघी त तुहूँ जाबो सूँघे? अरे, सूँघे देव सारे के! कूदि परे सार! अपने मरे नरक देखी।' गुरू जी की सहकर्मिणी ने कहा।

[12]

अब कौन गिरा और कौन नहीं गिरा, इसका निर्णय बड़ा कठिन है। किसने निशाने

पर तीर साधा और कौन बिंधा, इसका भी फ़ैसला नहीं हो सकता। रिसर्च सेंटर का दावा है कि हमारे कॉमरेड ने बड़ी सूझ-बूझ से काम लिया। मैम के नाना की एक करोड़ की जायदाद मैम के नाम थी। उसे बिकवाने और विनिवेश में कॉमरेड ने अपने गरम तेवर और नरम हें हें का जम कर इस्तेमाल किया। 'पिता जी कितने पर बोली लगाते? दस लाख, बीस लाख, पचास लाख? और एक ठो बछिया, जो कभी खूँटे से खुलने का नाम ही नहीं लेती। और इधर तो अब कमाऊ बीवी है, जायदाद है। रूपये के बिना विचारों की रक्षा भी सम्भव नहीं है। मार्कस की भुखमरी से ये हमारे साथी लोग शिक्षा नहीं लेते। और मेरे पिता जी? जैसे मेरे गुरू जी चटक-चूतिया, वैसे मेरे पिता जी।' लेकिन रिसर्च सेंटर का एक वैकल्पिक निर्णय भी है कि मैम ज़्यादा चतुर निकलीं। ऐसा सुघड़ और पहलवान ख़ानसामा, जो सब कुछ परोस कर मुस्कुराता हुआ हट जाए, लॉन में लेफ़्ट-राइट, लेफ़्ट राइट करता, झटके खाता, पहरा देता रहे और कभी कुढ़े नहीं। इसके बावजूद हॉस्टल की छात्राओं के सामने नज़र नीची करके चले, कहीं पतंग न उड़ाये, कहीं किसी फिराक में न हो—ऐसा सुघड़ खानसामा कहाँ मिलेगा? जो बचा खुचा थोड़ा-बहुत नोच-नाच कर ही संतुष्ट हो कर सो जाए, हॉस्टल का सारा हिसाब-किताब, कागज-पत्तर, ऊँच-नीच, नियम-कानून, सोर्स-सिफ़ारिश, डाँट-फटकार—सब अपने ऊपर ले-ले—ऐसा भलामानुस चूतिया कहाँ मिलेगा, जो भारतीय दाम्पत्य की आड़ भी हो और बड़ी-बड़ी गाड़ियों के लिए फाटक भी खोले और साहब लोगों को मुस्कुरा कर सलाम भी बजाए।

[13]

तो इस वक्त यही माहौल है। शाम के साढ़े आठ बजे हैं। मैम ने गाढ़े नीले रंग की साड़ी पहन कर सीधा पल्ला लिया हुआ है। आँखों में उसी तरह मोटा काजल आँजा है। मेहमान की हर बात पर मुखड़े की दिशा बिना बदले, केवल आँखों की पुतलियाँ दाहिने कोनों में ले जा कर मैम अपने बाँके नैनों से उसे निहारते हुए, एक उलाहना-वेष्टित मुस्कुराहट होठों पर लाती हैं। यह बाँकी अदा राजधानी में खूब चलती है, हालाँकि नेत्र-विशेषज्ञों की राय है कि दिल्ली की अधिकांश छोकरियों की आँखों पर अचानक जो चश्मे चढ़ते जा रहे हैं, वह इसी बेहूदी हरकत के कारण, जो लौंडों को बहुत पसन्द है। बहरहाल...बाहर एक जीप खड़ी है जो अँधेरे और हरियाली में लगभग गुम है और शार्दूल विक्रम सिंह उसके ड्राइवर से हें-हें करते हुए बतिया रहे

हैं। और अन्दर किचेन में वह लड़की, खानसामिन, माई और दाई अर्दल में खड़ी हैं। हॉस्टल में सन्नाटा है और पीछे सड़क पर कस्बाई कलरव। लड़की खड़े-खड़े ऊब रही है और उसका कहीं बैठने को मन हो रहा है। लेकिन आधुनिक रसोईघरों में बैठने की जगह नहीं होती। मैम उस दिन जो राउण्ड पर निकली थीं और अपने तन से बेख़बर सोई इस लड़की की झलक जो देखी थी, उसी दिन उन्होंने तड़ लिया था। इसीलिए मेहमान के स्वागत-सत्कार में मदद के लिए आज इसी लड़की को बुला भेजा। लड़की को जब यह सूचना मिली तो वह थोड़ा सहमी। लेकिन हॉस्टल में तो यह आम रिवाज है। शाम को कोई-न-कोई लड़की मैम की सेवा-टहल या उनके मेहमानों के स्वागत-सत्कार हेतु बुलाई ही जाती है। और ऐसी संवासिनियों की गिनती सौभाग्यशालिनी लड़कियों में की जाती है। तो आज उसे सौभाग्य मिला है। दाई हुकुम बजा कर चली गई तो लड़की ने कमरे का दरवाज़ा बन्द किया। रैक पर से आइना उठा कर अपना चेहरा देखा। झटपट मुँह धोया। जो मामूली क्रीम पाउडर थे, उन्हें थोपा थापा और एक प्रेस किया साटन का सलवार-कुर्ता, जो उसके हिसाब से मँहगा और धराऊँ था, उसे पहना, चोटी की, वक्ष पर दुपट्टे को सलीके से फैलाया और एक सामान्य-सी घिसी-पिटी चप्पल पहने सीढ़ियाँ उतरी। दाई बोल गई थी कि पीछे के लॉन से आना। उसने पीछे के लॉन की छोटी-सी फटकी खोली और अन्दर दाखिल हुई। लॉन के पच्छिमी किनारे पर एक बड़ा-सा पुराना नीम का पेड़ था जिसकी एक डाल सबसे विलग पूरब की ओर सीधी लम्बाई में पसरी थी। उसी डाल में दो मोटी-मोटी जंजीरें डाल कर एक ख़ूबसूरत, लम्बा झूला पड़ा हुआ था। मैम और सर जाड़े के दिनों में अक्सर इस झूले पर झूलते हुए चाय पीते रहते हैं। बँगले के इस पिछवाड़े से हॉस्टल के दोनों तल्लों के कमरे बरामदे दिखाई देते हैं। अत: जब मैम और सर इधर झूले पर आ-विराजते हैं तो लड़कियाँ अपने कमरों में सटक जाती हैं। ऐसे में केवल मैत्रेयी ही है, जो बरामदे में निकल कर मैम को 'हाय-हलो' करती है। लड़की ने झूले की मोटी जंजीरों पर नज़र डालते हुए, सिर उठा कर ऊपर डाल की ऊँचाई को ताका, फिर झूले को देखा। बड़े लोगों के कितने ठाट और कितने सलीके हैं—उसने सोचा और पिछले बरामदे से होती हुई अन्दर दाखिल होने का रास्ता ढूँढ़ती ठिठक गई। कई कमरे और कई खिड़कियाँ उस पीछे वाले बरामदे में खुलते थे और सबमें भीतर रोशनी थी और मोटे, फ्रिलदार पर्दे खिंचे हुए थे लड़की जब कभी मैम के पास आयी तो आगे के फाटक से। मैम अक्सर बरामदे में निकल आतीं, या मुख्य फाटक तक और वहीं से बातें सुन कर लौटा देतीं। एक-दो बार आगे वाले बरामदे में भी वह गई, तो माई-दाई में से जो कोई भी होती वह कोने

वाले कमरे में भेज देती। वहाँ सर एक टुटही-सी मेज के पीछे एक घिसी कुर्सी पर बैठे होते। लड़कियाँ बताती हैं कि जब से सर से मैम, या मैम से सर की शादी हो गई, उस क्लर्क का तबादला रजिस्ट्रार के दफ़्तर में वापस हो गया और यहाँ सर ही अब काम-धाम दखते हैं। और उस बार अपनी बहन के साथ वह चिपकने का पैसा भरने ज़रूर उनके ड्राइंग रूम तक गई थी लेकिन उसे कुछ नहीं दिखा। उसे लगा, वह किसी फ़िल्मी सेट में अनजाने ही प्रवेश कर गई है। वहाँ लड़की के लिए सब कुछ अकल्पनीय-अविश्वसनीय था।

घबराहट में उसने एक बन्द दरवाज़े पर दस्तक दी। लेकिन उसके दुबारा खटखटाने के पहले ही बरामदे के कोने से एक दाई निकली और उसने इशारा किया—'इधर से आ जाओ।' वह एक गलियारा था जिसमें लड़की दाखिल हुई और फिर वह आगे जाकर बाँएँ-दाँएँ घूम गया। लड़की फिर भूल-भुलैया में फँस गई लेकिन तभी वह दाई फिर प्रकट हुई और बोली, 'इधर से बिटिया।' लड़की उधर गई तो अब वह सीधे किचेन में थी। माई ने उसे टुकुर टुकुर देखा और जब दाई उससे बोली कि 'इनका लेइ जाव', तो माई उठी और लड़की को ले जा कर एक छोटे से कमरे में बैठाते हुए बोली कि 'बिटिया (यानी मैम) को खबर करती हूँ।' उस कमरे की एक दीवार पर एक आदमकद शीशा, बगल में एक कुर्सी-मेज़ और एक साधारण-सा दीवान पड़ा था। लड़की ने शीशे में अपने को बैठे हुए देखा तो सकपका गई। उसे लगा, उसकी साँस फूल रही है। उसका चेहरा फ़क्। उसने दुपट्टा ठीकठाक करने की कोशिश की। तभी मैम कमरे में दाख़िल हुईं। वह डर के मारे उठ कर खड़ी हो गई। मैम पहले तो मुस्कुराईं, फिर उन्होंने उसे ऊपर से नीचे तक भौंहें सिकोड़ कर देखा। वे बाहर निकल गईं, ड्राइंग रूम में बैठे मेहमान से कुछ कहा, फिर कमरे में लौटीं।

'ये क्या पहन रखा है?' मैम ने आँखों से प्यार बरसाते हुए कहा।

'जी मैम?' लड़की बुरी तरह डर गई।

'आओ मेरे साथ।' उन्होंने लड़की के कन्धे पर प्यार से थपकी दी और आगे-आगे चल दीं।

लड़की भी उनके पीछे-पीछे चली।

वे एक बड़े-से कमरे में ले गईं जो उनका ड्रेसिंग रूम था। वहाँ चारों ओर दीवारों में आदमकद शीशे लगे हुए थे। हर एँगिल से अपनी शकल दिखाई पड़ रही थी। मैम ने एक बड़ी-सी आल्मारी खोली जिसमें लाइन से सेट लगाकर प्रेस की हुई

साड़ियाँ लटक रही थीं। मैम के मन में जैसे पहले से तय था। उन्होंने गुलाबी रंग की एक शिफ़ॉन की साड़ी का सेट खींचा और कुर्सी पर डालते हुए कहा कि वह दरवाज़ा बन्द कर ले और कपड़े बदल ले। 'और हाँ, ये सब शृंगार का सामान है', उन्होंने ड्रेसिंग टेबिल की ओर इशारा करते हुए कहा, 'और यह बगलों और पीठ और कमर के आसपास के लिए इत्र।...और हाँ, मैम एकाएक लौटते हुए बोलीं, 'ब्रेसरी बदल लेना, उसमें महँक होगी...और तुम्हारे कम नहीं हैं हमसे, फ़िट आ जाएगी', मैम लड़की के वक्ष की ओर इशारा करते हुए मुस्कुराईं, 'थोड़ा-बहुत छोटा-बड़ा चल जाएगा। और ब्लाउज़ पाँच साल पहले का है, ढीला नहीं होना चाहिए।' मैम दरवाज़ा भेड़ते हुए बाहर निकल गईं।

[14]

लड़की को लगा, उसे गश आ रहा है। उसने सिर को झटका दिया। उसका बड़े ज़ोरों से मन हुआ कि वह तीर की तरह निकले और हॉस्टल के बाहर सड़क पर भाग जाए और खूब ज़ोर से चीखे-चिल्लाये। वह माथा पकड़ कर बैठ गई। उसे लगा, वह किसी अति भयावह सपने में फँसी हुई है। फिर उसकी नज़रें चारों ओर शीशों पर गईं, जिसमें अनेक कोणों से उसकी दुबली, भरी-भरी, कठिन काया उजागर थी। उसने उठ कर फुर्ती से दरवाजा बन्द कर लिया। फिर उसने साड़ियों से पटी आल्मारी को देखा, शृंगार के अनचीन्हे अम्बार को, लिपिस्टिकों की छोटी-छोटी कई पेटियों को, इत्र की तमाम शीशियों को। वह थोड़ी सुस्थिर हुई और यह सोच कर मन को दिलासा दिया कि शायद मेहमानदारी का यही रिवाज होगा। उसने अपने व्रस्त्र धीरे-धीरे उतारे और फिर उस जलसाघर में वह अनेक कोणों से आधा-तीहा निर्वसन हो गई। वह अपने से ही छिपने के लिए बार-बार आँखें मूँदती और फिर अपने हड़ियल भरे-पूरे यौवन को बार-बार कन्खियों से झाँक कर देखती। फिर लज्जा और भय से उसने झपट कर पेटीकोट उठाया, डाला और नाड़ा कस कर बाँध लिया। ब्रेसरी पहनी, बैठ कर तिरछा होते हुए पीठ पर हुक् फँसाया। मैम ने बगलों में इत्र छिड़कने को कहा था। लड़की ने आज तक कभी भी अपनी बगलों के बाल नहीं बनाये थे। वहाँ हरी-मुलायम, लहलहाती घास लेटी हुई थी। उसने दोनों बगलों को उँगलियों से सहलाया, फिर फ़ौव्वारे से पफ़ किया। उसमें एक भीनी गुलाबी सुबास थी। लड़की का मन उस दुख, डर और चिन्ता में भी सुवासित हो उठा। उसने ब्रेसरी के अन्दर और कमर पर पफ़् किया।

ब्लाउज़ पहना और फिर साड़ी बाँधने लगी। साड़ी की चुन्नट बार-बार फिसल जा रही थी। उसने एहतियात से चुन्नट बनाये और खोंस लिया। अब उसने फिर अपने को झाँक कर देखा। पसलियों की एक-एक फट्ठी और उठी हुई हँसुली की हड्डी अपनी साँवली आभा में दमक रही थी। नाभि और पेट का पता लगना मुश्किल था और हड़ियल चमकती हुई पीठ कुछ ज़रूरत से ज़्यादा दुबली और धनुषाकार झुकी हुई लगी। पीठ में ऊपर पँखुरों की हड्डियाँ कड़ी-सूखी लकड़ी की तरह हिल-डुल रही थीं। वह कैसी ऊबड़-खाबड़ है, उसने पहली बार लक्ष्य किया। तब उसकी बहन कैसी होगी जिसके सामने वह भरी-पुरी दिखती है? उसे लगा कि सलवार-कुर्ते में गरीब देह छिपी रहती है, जैसे कि अमीर देह छिपाने की कोशिश में भी ढलर ढलर डोलती रहती है। तभी दरवाज़े पर दस्तक हुई। लड़की जैसे स्वप्न लोक से बाहर आयी और साड़ी में उलझते-पुलझते उसने दौड़ कर दरवाज़ा खोल दिया।

अब वह मैम के सामने थी। मैम ने उसे एक जगह खड़ा करके, थोड़ी दूर हट कर तरह-तरह से देखा। उन्हें लगा, आगे साड़ी की चुन्नट थोड़ी ज़्यादा फूली हुई और बेतरतीब ढंग से खुसी हुई है। फ़ॉल ठीक नहीं उतरा है। वे पास गईं और एक झटके से चुन्नटें खींच कर खोल दीं। लड़की इस अप्रत्याशित खिंचाव से आगे को झुक आयी और उसने पेटीकोट पकड़ लिया।

'सीधी खड़ी हो बेवकूफ़!' मैम ने आदेश दिया।

लड़की ने सीधे खड़े होने की कोशिश की।

मैम ने चुन्नटें बनाईं और खोंस दीं। खोंसते हुए, पता नहीं जानबूझ कर या अनजाने, उनकी उँगलियाँ कुछ ज़्यादा ही भीतर तक चली गईं। उनके चेहरे पर एक अश्लील मुस्कुराहट और घिन एक साथ उभरी और उन्होंने अपनी उँगलियाँ यों खींचीं जैसे बिच्छू का डंक छू गया हो। वे बगल के वाश बेसिन पर गईं और लिक्विड डिटॉल साबुन से हाथ धोया। पोंछा और ड्रेसिंग टेबिल के पास जा कर उँगलियों में क्रीम मला। क्रीम मलते हुए, लड़की को शीशे में देखते हुए उनके मुँह से निकला—'स्टुपिड...गँवार।' लड़की, जो बेतरह चिंहुँक गई थी, चुपचाप सिर नीचा किए खड़ी रही।

'जा कर किचेन में इन्तज़ार करो और खानसामिन से पूछ लेना, कब, क्या ले कर ड्राइंग रूम में आना है। और इस तरह गठरी बन कर मत आना।' मैम दरवाज़े से बाहर निकल गईं।

[15]

तबसे लड़की किचेन में खड़ी डूब-उतरा रही है। गलियारे के पार, मोटे पर्दे के उस ओर मैम की डरावनी, भुतही खिलखिलाहटें हैं, और एक नौजवान आदमी का भारी-भरकम आवाज़ में धीमे-धीमे बोलना है, जो सुनाई नहीं पड़ता, सिर्फ़ गूँजता-सा है। लड़की तब से सिर्फ़ एक बार अवन में पकाई हुई मुर्गे की टाँगें लेकर मेहमान के सामने ड्राइंग रूम में गई थी। मेहमान ने हाथ का गिलास रखते हुए भरपूर नज़र से उसे देखा। लड़की की नज़रें नीची थीं। उसने मेहमान की नज़र को अपने तन पर रेंगता हुआ महसूस किया। लड़कियाँ बिना देखे भी पुरुष के देखने को देखता हुआ महसूस कर लेती हैं। लड़की मुर्गे की टाँग रखकर लौटी तो उसने अपनी पीठ पर गड़ी हुई दो आँखें महसूस कीं। उसने पीठ पर साड़ी का पल्ला ओढ़ा। गलियारे का पर्दा हटाया और तेज़ी से भाग कर किचेन में आ गई। खानसामिन ने उसे तेज़ निगाहों से देखा और माई, जो किचेन में ज़मीन पर बैठे-बैठे ऊँघ रही थी, उसने भी आँखें खोलीं।...थोड़ी देर बाद, शायद उधर मैम और मेहमान का 'बार-टाइम' ख़त्म हो गया था, क्योंकि वहीं से बैठे-बैठे मैम ने माई को आवाज़ दी। माई ड्राइंग रूम में गई और एक बड़ी-सी ट्रे में सारे बर्तन बटोर लाई। उसमें बहुत कुछ खाया-अधखाया बचा हुआ था। हड्डियों पर चिंचोरने के दाग थे।

'जाव, बुलाय रही हैं।' माई ने लड़की से कहा।

लड़की ने शंकालु नज़रों से दोनों औरतों को देखा और गलियारे में दाख़िल हुई। गलियारे के अन्त में पड़ा हुआ भारी पर्दा उठा कर उसने झाँका।

'जी मैम?' लड़की ने झाँकते हुए कहा।

'आ जाओ।' मैम ने चहकती लेकिन अलसाई आवाज़ में मुड़ कर कहा। लड़की ड्राइंग रूम में दाखिल होने के बजाय गलियारे में पीछे खिसक गई। उसने हाथ से पकड़ा हुआ पर्दा छोड़ दिया।

ड्राइंग रूम में खड़े-खड़े मैम का चेहरा तना और खिंचा। उन्होंने मेहमान को देखा, जो अभी भी बैठा ही था। 'ईडियट', उनके मुँह से निकला और वे झपाटे के साथ पर्दा हटा कर गलियारे में घुसीं। लड़की भौंचकियाई हुई अभी भी आधे गलियारे में खड़ी थी।

'क्या हुआ?' मैम लड़की के बिल्कुल पास आ गईं।

लड़की कुछ नहीं बोली। उसने भरपूर नज़र उठा कर मैम को सिर्फ़ देखा। 'जाओ।' मैम ने तल्ख़ आवाज़ में आदेश दिया।

लड़की ने फिर वैसे ही सिर्फ़ देखा।

'गुस्ताख़ लड़की...मैं कुछ कह रही हूँ।' मैम ने लड़की का हाथ पकड़ कर ड्राइंग रूम की ओर घसीटना चाहा।

लड़की ने हाथ झटक दिया।

अचानक मैम का चटकना उसके गाल पर झन्नाता हुआ पड़ा। लड़की की गर्दन ज़रा-सा हिली। मैम ने दुबारा वैसे ही हाथ उठाया तो लड़की ने उनकी कलाई पकड़ ली।

'बस'। लड़की के मुँह से एक ऐंठा हुआ शब्द निकला। उसने मैम का हाथ छोड़ दिया और किचेन की ओर मुड़ी।

एकाएक मैम पीछे से लपकीं और उन्होंने झपट कर लड़की की साड़ी का पल्ला पकड़ा और ज़ोर से खींच लिया। लड़की इस अप्रत्याशित आक्रमण से पीछे को गिरते-गिरते बची। उसका सारा का सारा आँचल अब मैम के हाथ में था। नग्नता से बचने के लिए उसने कमर पर साड़ी को पकड़ रखा था। मैम ने उसे ज़ोर से अपनी ओर खींचा, जैसे मछुआरे भरा हुआ जाल खींचते हैं। लड़की अब ऊपर से खुली थी। उसने सिर को झटका देकर अपनी चोटी वक्ष की ओर फेंकी और साड़ी का एक छोर पकड़े पकड़े, मैम को घसीटती किचेन की ओर भागी। इस खींचातानी में उसकी साड़ी लगभग खुल गई और वह मात्र पेटीकोट में रह गई। मैम ने साड़ी फेंकी और अपनी दोनों मुट्ठियाँ बन्द करके बेतहाशा लड़की की छातियों को मुकियाने लगीं। लड़की ने डर के मारे एक हाथ से पेटीकोट का नाड़ा पकड़ा हुआ था और दूसरे से अपने वक्ष को बचाने में लगी थी।

'खटकिन साली...खौरही कुतिया, हरामज़ादी...तुझे जवानी चढ़ी है? मैं तुझे देखती हूँ।' मैम के मुँह से जैसे भल्-भल् भल्-भल् उल्टियाँ हो रही थीं।

'छोड़ो बिटिया, हम इसके कपड़े दिए देते हैं।' माई बीच में आ गई।

मैम अपने अंगार नेत्रों से, जिनका काजल थोड़ा उजड़ गया था, पलट-पलट कर घूरती हुई, गलियारे से ड्राइंग रूम में चली गईं।

मेहमान उठ कर अस्त-व्यस्त खड़ा था। वह चल कर मैम के निकट आया। उसने एक हाथ मैम के कन्धे पर रखा और दूसरे से उनके नितम्बों को सहलाने लगा। मैस ने कुछ रूठने के से अन्दाज़ में अपने मेहमान को देखा।

'चलो न, कहीं चलते हैं।' मेहमान ने हल्के से अपनी एक आँख दबाई। 'थोड़ा वाश करके अब्बी आयी।' मैम ने अपने को छुड़ाया और ड्रेसिंग रूम की ओर भागीं।

[16]

'क्या हुआ?' मैम जब मेहमान के साथ बाहर निकलीं तो शार्दूल विक्रम सिंह ने पूछा।

'अरे, कुछ नहीं...नौटंकी।' मैम ने जीप में बैठते हुए कहा। 'नौटंकी?' कॉमरेड कुछ समझे नहीं।

अरे, वही छिछड़ी...खटकिन कमीनी! एक तो बस्साती है, ऊपर से नखरा... और मेरा एक सेट अलग से ख़राब हुआ।' मैम का गुस्सा अभी भी थमा न था।

'हें-हें।' शार्दूल विक्रम सिंह के मुखारविन्द से निकला।

'कल ही निकालो साली को!' मैम ने कहा।

'देखता हूँ।'

'देखता हूँ क्या?...हर समय 'देखता हूँ।'

'हाँ, बिलकुल ठीक।' कॉमरेड ने 'देखता हूँ' को संशोधित किया।

जीप भर-भर करती रवाना हो गई।

'कुछ बचा खुचा है?' शार्दूल विक्रम सिंह ने किचेन में खाद्य सामानों का निरीक्षण करते हुए, खानसामिन से पूछा।

भाग : दो

[1]

जब यह सब हो रहा है, तब पिछली शताब्दी का अवसान है। शताब्दी, जो दमन और त्रास और विचारों की बड़बोली और विफल स्वप्नों के इन्द्रजालिक चीत्कार और एक शालीन ले-लपक के नारकीय उत्सवान्त में लिथड़ी हुई है; जिसमें दुस्साहसों का अद्भुत विलास है; जिसमें आदमी के दिमाग का द्रुतगामी चमत्कार है; जिसमें अँधेरे के आदिकालीन पर्दों के उठने से चकमक प्रकाश का चौंधियाता हुआ भय सर्वव्यापी बनने के प्रयत्न में चुपके-चुपके दहाड़ रहा है; जिसमें इंसानियत की उठती हुई लौ को बार-बार फूँक मार कर बुझाने की कोशिशें हैं; जिसमें हर मोड़ पर रोशिनियों को लीलते हुए ब्लैक होल हैं; जिसमें सच और झूठ की चमक-दमक साथ-साथ हर कदम पर ताल देती हुई चलती है; जिसमें असहायता बार-बार अंगारे की तरह फूट कर लपक मारती है। अगर शताब्दी के अवसान के इस दार्शनिक बखान से नीचे उतरें तो ऐसे कहेंगे कि, जहाँ प्रजातंत्र की हुमक है; मानवाधिकारों की बड़ी चहल-पहल है, दबे-कुचले आदमी को बचाने और बढ़ाने के लिए जहाँ हर कदम पर कुकुरमुत्तों की तरह अपना छोटा-बड़ा छाता पसारे गैरसरकारी संगठन हैं; जहाँ मानवाधिकार, अस्मिता और आत्मसम्मान की किलकती धौंस के सौजन्य बिलस रहे हैं; जहाँ तिकड़म से पाई या खोयी विजय-पराजयों का उल्लास-विलाप है; जहाँ ठेके पर सेवा है और सेवा ठेंगे पर है; जहाँ भारतीय स्त्री अपनी दमन की दरारों से बार-बार बाहर झाँकने के प्रयास में एक मीठी धूल फाँकती हुई नज़र आती है; जहाँ राष्ट्र की जी.डी.पी. के सात-आठ प्रतिशत तक बढ़ा ले जाने का कर्जों में डूबा हुआ अश्लील अहंकार है; जहाँ विश्वबैंक एक नए समन्वयवादी दर्शन को इठला-इठला कर पान के बीड़े की तरह पेश कर रहा है—'लीजिए हुज़ूर, नोश फ़रमाइए और उन्नति कीजिए ; 'जहाँ हजारों कमीशन हैं, लाखों न्यायालय हैं; जहाँ अच्छी-भली, सुशील जनता की ठेलमठेल है। ओह! ओह! इतनी महान ऐतिहासिक उपलब्धियों की देहरी पर, जहाँ एक नया-विशालकाय सूरज अपनी रोशनी से नयी शताब्दी को सुहाग का सिन्दूर चढ़ाने वाला है, वहाँ इस टुच्ची-सी रात में एक कलूटी-सी लड़की का बदहवास, इधर-उधर अँधेरे में भागना और बचना क्या मतलब रखता है? भले लोग एक दिन उठेंगे और उसे या उस जैसी सारी लड़कियों को ऐसी रातों के नरक

से किनारे कर लेंगे और वे सभी एक दिन आगे बढ़ कर अपने जीवन के अर्थ को पा लेंगी। तब इस बेसब्री का क्या मतलब, जब अन्त में सब कुछ ठीक ही हो जाना है? उकताओ मत और बच के निकल जाओ। लेकिन यह कहानीकार ऐसा बज्र बेहया है, जो किसी का कहा नहीं सुनता, जिसे दीन-दुनिया, अपने-पराये-किसी का लिहाज नहीं, और जो बार-बार वहीं लौट कर जाता है, जहाँ बँगले से निकल कर अँधेरे में भागती हुई लड़की है, और अँधेरे में चारों ओर छिपे हुए चक्रव्यूह और चक्रव्यूह के हर दरवाज़े पर खुखरी छिपाये, नियम-कानून के मुस्तैद पहरेदार हैं, जिनकी आँखें लकड़बग्घों की आँखों की तरह चौकन्नी चमक से दीप्त हैं।

[2]

हॉस्टल के मुख्य द्वार से निकल कर लड़की जब चौराहे के फ़ोन बूथ पर पहुँची, तब भी वह हाँफ़ रही थी। चौराहे से लगातार इधर-उधर बहती भीड़ और शोर में उसे सुकून महसूस हुआ और लगा कि यहाँ, इस अनपहचानी भीड़ में वह ज़्यादा सुरक्षित है। उसने अपनी बहन के मकान मालिक को फ़ोन मिलाया। वह फ़ोन पर विस्तार से वे बातें नहीं बोल सकती थी। उसने सिर्फ़ यही कहा कि 'मैम ने उसके साथ बदसलूकी की कोशिश की, जैसा कि यहाँ बहुत सारी संवासिनियों के साथ करती हैं और वे मान भी जाती हैं, जैसा कि तुम्हें पता हो। तुम कुछ और मत सोचना दीदी! मेरी गलती थी। मैं हाँ-ना में फँसी रही। मैं अपने को दिलासा देती गई कि ऐसा कुछ नहीं होगा। मैं लगभग घेर ली गई, चाहे कपड़े चेन्ज करने हों या कुछ और। हम तुम इन बातों का कितना मज़ाक बनाते थे लेकिन अब पता चला कि वे बातें सिर्फ़ अफ़वाहें नहीं थीं। क्योंकि हम लोग अधिकांश लड़कियों द्वारा नीच समझे जाते हैं, इसलिए बातें हम तक सिर्फ़ उड़ती हुई पहुँचती थीं। लेकिन आज उन्होंने मुझे फँसाना चाहा। मेरे इन्कार करने पर उन्होंने थप्पड़ मारा। तो क्या करूँ दीदी, मैंने गलती से उनका गट्टा पकड़ लिया और मेरे मुँह से गुस्से में निकल गया—'बस।' फिर मेरा जो हाल हुआ...मुझे बहुत डर लग रहा है दीदी! मुझे कमरे पर लौटने में डर लग रहा है। मैं क्या करूँ दीदी? तुम तुरन्त चली आओ। लेकिन बताओ कि मैं रात में कहाँ जाऊँ, कहाँ रहूँ?' लड़की फ़ोन पर नाक सुनकने लगी।

बड़ी बहन ने कहा कि 'तुम मनोज को फ़ोन करो। बल्कि फ़ोन करके बोलो कि वह फ़ोन पर रहे, मैं उसे करती हूँ। बस, इतना बोल दो कि वह फ़ोन पर रहे।

और तुम कमरे पर जाओ, डरो मत। कोई कुछ नहीं करेगा। मैं मनोज से बात करती हूँ, वह सँभाल लेगा। सर और मनोज तो एक ही पार्टी में हैं। कॉमरेड लोग हैं। तुम हॉस्टल लौट जाओ। और मामला फँसेगा तो मैं तुरन्त चली आऊँगी। और घर फ़ोन मत कर देना। और करोगी भी कहाँ?'

'हमारे पास और भी रास्ते हैं।' बड़ी बहन ने इस वाक्य को अलग से, थम कर, जोर देकर कहा।

'तुम चलो आओ ना!' लड़की ने आजिज़ी से कहा।

'अभी जैसा कहा है, वैसा ही करो।'

लड़की इधर चुप।

'फ़ोन रखती हूँ।' बड़ी बहन ने पल भर की प्रतीक्षा के बाद फ़ोन रख दिया।

[3]

मनोज फ़ोन पर था। बड़ी बहन ने उसे बताया।

अच्छाऽऽ!' मनोज को अविश्वसनीय ढंग से आश्चर्य हुआ।

'तुम उसे लेकर थाने चले जाओ और तुरन्त एफ. आई. आर. करा दो।' बड़ी बहन उधर से बोली।

मनोज पेशोपेश में पड़ गया। शार्दूल विक्रम सिंह ही उसे छात्र संगठन में लाये थे। वही लोगों को स्कूलिंग के लिए भी बुलाते थे। तब वह पार्टी की ओर से छात्र संगठन के प्रभारी थे। अब नहीं हैं, वो बात दूसरी है। उन्होंने किसी दूसरे जन-संगठन में काम करने के लिए पार्टी को लिखा है। वे जहाँ भी काम करते हैं, वहीं उजहा देते हैं। असफल होने पर वे सारी जिम्मेदारी दूसरों पर थोप कर अलग हो जाते हैं। उन दिनों 'सिर काट लूँगा, कत्ल कर दूँगा, सड़क पर पटक कर मारूँगा', जैसी धमकियाँ उनकी जुबाँ पर आम हो जाती हैं। फिर वे इस्तीफ़ा लिख मारते हैं। तरह-तरह के इस्तीफ़े लिखने की उनकी आदत से पार्टी परेशान तो है ही, अब उनके इस्तीफ़े हँसी-मजाक का मसाला भी बन गए हैं। अब वे किसी और फ्रंट पर काम करने की बात उठा रहे हैं। पार्टी फिर अनिर्णय की स्थिति में है। सचिव महोदय चाहते हैं कि जल्दी ही कोई निर्णय होना चाहिए, नहीं वे महासचिव के संज्ञान में ला देंगे। इस पर राज्य-कमेटी के लोग अपनी हँसी को नकली गम्भीरता में छिपाते हैं।

'कॉमरेड शार्दूल विक्रम सिंह हमारे लिए इतने ज़रूरी क्यों हैं?' कोई पूछता है।

‘आपके पास कितनी मुर्गियाँ बची हैं?’ सचिव महोदय कुछ खीझ के साथ कहते हैं।

‘सवाल यह है कि वे बाहर रह कर ज़्यादा नुकसान करेंगे या भीतर?’ एक कमेटी सदस्य अपनी ठोढ़ी हथेली में रखे हुए चिन्तित मुद्रा में बोलते हैं।

आप कैसी बातें कर रहे हैं?’ एक सदस्य चौकन्नी मुद्रा बनाते हैं। तो इस तरह कॉमरेड शार्दूल विक्रम सिंह की सनकों पर निर्णय टला हुआ है।

‘क्या सोच रहे हो?’ बड़ी बहन ने उधर से फ़ोन पर पूछा। ‘कुछ नहीं।’ मनोज जैसे उन बातों से बाहर आया।

‘तो अभी चले जाओ, वह कमरे पर होगी।’ बहन ने कहा।

‘अभी तो मिलने नहीं देंगे।’ मनोज ने घड़ी देखी। रात के लगभग साढ़े नौ हो रहे थे।

‘अरे हाँऽऽ’, अब बड़ी बहन के चौंकने की बारी थी, ‘तब सुबह। लेकिन वह बहुत परेशान है।’

‘एफ. आई. आर. करना जल्दीबाज़ी नहीं होगी?’ मनोज बोला।

‘तुम्हें जल्दीबाज़ी लग सकती है लेकिन मेरी बहन की सोचो।...और सब कुछ कितना घिनौना है!’ बड़ी बहन बोली।

‘नहीं, अपनी इज्ज़त का सवाल है, इसलिए।’ मनोज हकलाया।

‘इज्ज़त का सवाल है, इसीलिए तो। लेकिन इज्ज़त के सवाल पर चुप रहना एक नारकीय चुप्पी है। एक अनैतिक चुप्पी है पूरी तरह।’

‘मैं कॉमरेड से पूछता हूँ।’ मनोज ने कहा।

‘यानी मेरी बहन हाँफती हुई झूठा आरोप लगाने आयी थी? उसकी दुर्गति इसलिए होनी है कि उसने दूसरा थप्पड़ पड़ने से रोक लिया? या इसलिए कि वह जाल में नहीं फँसी? इसलिए पूछताछ होगी? चुप रहो नहीं तो अफ़वाह आग की तरह फैलेगी और फिर जिसकी नज़र नहीं पड़नी, उसकी भी पड़ेगी? तो ये इज्ज़त के चोंचले तुम लोगों के लिए होंगे मनोज! हमारी ऐसे ही कौन-सी इज्ज़त है जो उतर जाएगी? और तुम्हारे समाज में इज्ज़त उतर कर भी बची रहती है। अफ़वाहें हमारा कुछ नहीं बिगाड़ सकतीं। मुझे पिछले पाँच वर्षों से यही लगता रहा कि यह हॉस्टल नहीं, चकलाघर है। यूनिवर्सिटी ‘सदाचारी’ कमीनों का कबाड़खाना है। लेकिन मेरी बहन अबोध थी। मैंने इस बारे में उसे चेताया नहीं। मुझे डर था कि वह अकेली रही तो कुछ घट सकता है, क्योंकि वह सुन्दर है। फिर भी मैं भरम में रही कि शायद कुछ न हो और वह सही-सलामत निकल आए। मैंने उसे बाहर रखने की भी सोची।

लेकिन मैं किसको स्थानीय अभिभावक के पद पर सुशोभित करती? किसका भरोसा किया जाए? किसका? मैंने भी अभी-अभी फ़ोन पर उससे यही कहा कि सर और मनोज एक ही पार्टी में हैं, लेकिन वह सिर्फ़ उसे दिलासा देने के लिए, जिससे कि वह कमरे पर लौट जाए और रात को सो सके। लेकिन कोई अकेली लड़की कैसे सो सकती है ऐसे में? और नहीं तो वह किस दूसरे कमरे पर जाए? सवर्ण लड़कियों का व्यवहार तो हमारे प्रति तुम जानते ही हो। और हमारी जाति की लड़कियाँ? मैम के डर के मारे कौन अपनी गर्दन कटने के लिए रखेगा? उनकी दलाली में किधर से कौन है, मैं भी कितना जानती हूँ? और तुम्हीं हॉस्टल के बारे में कितना जानते हो? तुम सिर्फ़ वोट माँगने आते हो। और फिर पूछोगे किससे? अपने उस सर और कॉमरेड से? वह सिर्फ़ एक दलाल है और पैसे के लिए कुछ भी कर सकता है।' बहन फ़ोन पर तनी हुई बोलती जा रही थी।

'ठीक है, सुबह देखते हैं।' मनोज ने कहा।

'तो रखते हैं।'

'मैं फ़ोन करता हूँ कल।' मनोज ने कहा और फ़ोन रख दिया।

[4]

मनोज ने तुरंत शार्दूल विक्रम सिंह को फ़ोन मिलाया।

उधर घंटी बजने लगी तो शार्दूल विक्रम सिंह फ़ोन को घूरते रहे। वे खाना खाते रहे और खानसामिन का इंतज़ार करते रहे। वह किचेन से भाग कर आयी।

'मैं नहीं हूँ।' उन्होंने खानसामिन से कहा।

खानसामिन फ़ोन उठाने ही जा रही थी कि उन्होंने फिर उसे बुलाया, 'सुनो।'

खानसामिन पास आकर खड़ी हो गई।

'मैं कहाँ हूँ?' शार्दूल विक्रम सिंह ने पूछा।

'आप नहीं हैं साहब जी!' खानसामिन बोली।

'वो तो मैं नहीं हूँ, लेकिन मैं कहाँ हूँ?' कॉमरेड फिर बोले।

आप कहीं नहीं हैं।' खानसामिन ने कहा।

'क्या?'

तब तक फ़ोन बन्द हो गया। शार्दूल विक्रम सिंह ने फिर उसे घूरा।

'आप बाहर गए हैं साहब जी।' खानसामिन ने फिर कहा।

‘किसके साथ?’

‘पता नहीं।’

‘कब लौटेंगे?’

‘पता नहीं।’

तब तक फ़ोन की घंटी फिर बज उठी।

कॉमरेड ने इस बार खानसामिन को घूरा। खानसामिन ने फ़ोन उठाया।

‘सर हैं?’ मनोज ने उधर से पूछा।

‘नहीं।’ खानसामिन ने कहा।

‘नहीं, वो हैं। बैठे हैं सामने। उन्हें फ़ोन दो।’ मनोज ने डाँटा।

‘अच्छा साहब जी।’ खानसामिन फ़ोन रख कर पलटी।

‘क्या हुआ?’ शार्दूल विक्रम सिंह ने इशारे से पूछा।

‘कोई साहब जी फ़ोन पर डाँट रहे हैं। कहते हैं, आप हैं।’ खानसामिन ने धीमी आवाज़ में डरते-डरते कहा।

शार्दूल विक्रम सिंह उसको पीछे बरामदे में ले गए।

‘गधी हो तुम!’ उन्होंने डाँटा।

‘जी, साहब जी!’

‘अब जा कर पहले फ़ोन, फ़ोन पर रखो, फिर हटा कर अलग रख दो।’ कॉमरेड ने कहा।

‘बहू जी मना करती हैं साहब जी!’ खानसामिन बोली।

‘तेरी बहू जी की ऐसी की तैसी।’ शार्दूल विक्रम सिंह ने खुद ही फ़ोन पटका और फिर हटा कर अलग रख दिया।

[5]

सुबह-सुबह मनोज हॉस्टल के मुख्य द्वार पर पहुँचा। गार्डों ने कहा कि इस वक्त साहब किसी से नहीं मिलेंगे। मनोज ने ज़िद की। अपने और साहब के रिश्तों का हवाला दिया। गार्डों ने हँस कर कहा कि हम जानते हैं सर, लेकिन साहब ने सख्ती से मना किया है। आप विभाग में मिल लीजिए। मनोज ने कहा कि उसे मैम से मिलना है। इस पर गार्डों ने कहा कि उनकी तबियत ख़राब है। कल रात देर से लौटीं और लौटते वक्त यहीं, गेट पर ही उल्टी हो गई। साहब भी शायद विभाग न जाँय। आप

फ़ोन कर लीजिएगा सर! लेकिन मनोज अपनी ज़िद पर अड़ा रहा। उसने कुछ-कुछ चिरौरी करके एक चिट् भिजवाई। एक गॉर्ड गया और तुरन्त वापस आ गया। साहब नहीं मिलेंगे सर, आपने जबर्जस्ती हमें भी डाँट खिलवा दी। मनोज वापस लौटा और सीधे पार्टी दफ्तर भागा। वहाँ से दो वरिष्ठ कॉमरेडों—सर्वश्री रामानुज मौर्या और अश्विनी पासवान को साथ लेकर पुन: वापस। अश्विनी पासवान ने ही शार्दूल विक्रम सिंह को शुरू में ढाला था। उनकी उम्र सत्तर पार थी। वे शार्दूल विक्रम सिंह जैसे नौजवान कॉडर का निर्माण करके बहुत प्रसन्न रहते थे। ऐसा सक्रिय कार्यकर्ता, जो दरी बिछाने और कुल्हड़ में चाय परोसने से लेकर जब चाहो आग उगलवा लो, कहाँ मिलेगा? वे उन्हें हरावल दस्ते का सिपहसालार कहते थे। हालाँकि इधर एक दिन भरी सड़क पर शार्दूल विक्रम सिंह ने उनसे बड़ी कटु भाषा का इस्तेमाल किया था। उन्होंने कहा कि 'अब तो आप कब्र में लटके हैं, कुछ ही दिनों में आप मर जाएँगे। इसलिए बचे-खुचे जीवन को पार्टी में झोंक दीजिए।' वहाँ पार्टी के और कई कार्यकर्ता थे किसी को अच्छा नहीं लगा। कॉमरेड अश्विनी पासवान भी खड़े-खड़े उनका मुँह ताकते रहे। बाद में लोगों ने शिकायत की तो कॉमरेड अश्विनी पासवान ने कहा कि 'वह दिल का साफ़ आदमी है। मुँहफट है, अपने बाप की भी ऐसी-तैसी करता ही रहता है। ऐसा बोलने में कोई वैसी बुराई नहीं है।' लेकिन उस रात कॉमरेड अश्विनी पासवान को नींद नहीं आयी। उन्होंने सोचा कि कब्र में लटके हुए आदमी को कभी नहीं कहना चाहिए कि तुम कब्र में लटके हो, और उठो और मैराथन दौड़ में सबसे आगे दौड़ जाओ। यह बेहूदगी और निरा घमंड है। वे बहुत उदास हो गए और उन्होंने अपने पूरे जीवन का दृष्ट्यावलोकन शुरू किया। पन्द्रह बरस की उमर से वे झंडा उठाये हैं। घर-द्वार छोड़ा, शादी नहीं की, कुछ चाहा नहीं, एक फटीचर कुर्ता-धोती पहने, कपड़ा धोते, खाना राँधते, मीटिंगें करते, पार्टी-साहित्य बेचते जीवन गुज़ार दिया—क्या यही सुनने के लिए? और यह कल का लौंडा—हर कदम पर पार्टी और दोस्तों का इस्तेमाल करता, मालपुए खाता, दंड पेलता, रोज़ कमीज़ें बदलता, क्रीम पाउडर पोतता, सड़क छाप बकबक करता और साथियों की खिल्ली उड़ाता, उनका समय-कुसमय अपमान करता।...यही सब सोचते कॉमरेड अश्विनी पासवान रिक्शे पर बैठे हॉस्टल की ओर रवाना हुए थे। दोनों साथी रिक्शे पर और मनोज रिक्शे के हुड् पर। लेकिन फाटक पर गार्डों ने फिर वही बात दुहराई। कॉमरेड अश्विनी पासवान ने फिर तीनों साथियों का नाम चिट् पर लिख कर अन्दर भिजवाया और फिर वही टका-सा जवाब—साहब आज किसी से नहीं मिलेंगे। कॉमरेड अश्विनी पासवान ने सड़क पार जा कर पी.सी.ओ. से फ़ोन मिलाया—कुछ-कुछ उस कवि

की शैली में कि 'साधो, आज मेरे सत् की परीक्षा है।'

फ़ोन की घंटी बजी तो मैम बिस्तर में थीं और शार्दूल विक्रम सिंह बगल में एक आरामकुर्सी पर बैठे अख़बार बाँच रहे थे। दोनों ने एक दूसरे को देखा।

'वही चूतिये होंगे।' मैम ने कहा।

'हैं—हें।' शार्दूल विक्रम सिंह ने अपनी पत्नी को कन्खियों से देखा। 'कबसे कह रही हूँ, इनका इस्तेमाल हो चुका, छोड़ो।'

'हें-हें।'

तभी फ़ोन बन्द हो गया।

शार्दूल विक्रम सिंह ने लपक कर फ़ोन का चोगा अलग रख दिया।

कॉमरेड अश्विनी पासवान ने फिर फ़ोन मिलाया। फ़ोन में सिर्फ़ हूँ-भूँऊँ-ऊँ थी।

'व्यस्त है।' कॉमरेड पासवान ने फ़ोन रखा और उठ खड़े हुए।

[6]

मनोज ने अपने दोनों वरिष्ठ साथियों से स्थिति पर विस्तार से विचार-विमर्श किया। बड़ी बहन ने जितना इशारों में बताया था उससे उसने स्थिति का पूरा आकलन कर लिया था। लेकिन प्रमाण कौन देगा? और बिना प्रमाण के एफ. आई. आर. करने से मामला फँस भी सकता है। यूनिवर्सिटी के 'सम्मानित 'अध्यापक का मामला है। लड़की को लेकर जाने पर पुलिस कौन-सा रुख अपनायेगी, यह कहना कठिन है। कॉमरेड अश्विनी पासवान ने कहा कि थाना-इंचार्ज एक ख़ती ब्राह्मण है और उसकी चले तो हरिजनों और इन सारे लोगों को बंगाले की खाड़ी में फेंक दे। फिर कम्युनिस्टों से पुलिस के लोग वैसे भी बिदकते हैं। दूसरे, अपने कॉमरेड की पत्नी का मामला है, समझा-बुझा कर हल कर लो। मनोज ने कहा कि 'जो आदमी अपने वरिष्ठ साथियों को भी इतनी असभ्यता से फाटक से लौटा सकता है, फ़ोन काट सकता है, उसे कौन समझायेगा? क्या राज्य सचिव? या महासचिव, जिनको जब मन में आता है, यह आदमी ऊलजलूल चिट्ठियाँ लिखता रहता है? 'कॉमरेड मौर्या ने समझाया कि फिर भी वह कॉडर का आदमी है और सीधी ग़लती भी उसकी नहीं है। हम शिकायत कर सकते हैं, निर्णय तो वहीं से होगा। और उस निर्णय से लड़की का क्या फ़ायदा होगा या शार्दूल विक्रम सिंह का ही कहाँ बाल-बाँका होगा? उल्टे हम अपना एक विश्वसनीय साथी खो देंगे।...जब दोनों साथी चले गए तो मनोज

चिन्ता में पड़ गया। जब हमारे वरिष्ठ साथियों के भीतर ही दुविधा है, तब वह अपने छात्र-संगठन में इस मामले को कैसे ले जा सकता है? छात्र संगठन के पदाधिकारी और वह खुद भी पार्टी-सदस्य है। वे भी यही कहेंगे कि बिना प्रमाण के एक लड़की के कहने मात्र से आन्दोलन पर जाना सम्भव नहीं। मनोज ने सोचा कि वह छात्र-संघ अध्यक्ष और उसके पदाधिकारियों और दूसरे छात्र नेताओं से बात करे। लेकिन यह तो उस लड़की की इज़्ज़त लँहकटों के हाथ में सौंप देना होगा। फिर यह भी हो सकता है कि कोई और छात्र संगठन इसे मुद्दा बना कर आन्दोलन खड़ा करे और अपनी चुनावी स्थिति मजबूत कर ले। फिर भी इस सम्बन्ध में यूनिवर्सिटी रोड के एक चायखाने में बैठे हुए अपने एक सहपाठी से उसने घुमा-फिरा कर बात की।

'अगर मान लो किसी लड़की के साथ ऐसा घटित हो और वह न्याय की गुहार लगाये तो तुम क्या करोगे?' मनोज ने पूछा।

'मैं पहले लड़की का मुआइना करूँगा।' उसका सहपाठी मुस्कुराया।

मनोज उसका मुँह ताकने लगा।

'वैसे कोई है क्या?' उसके सहपाठी ने पूछा।

'क्यों?'

'क्योंकि तुम ललचाये दिख रहे हो।' सहपाठी हँसा। मनोज उठा और चल दिया।

तभी उसे ख़याल आया कि लड़की विभाग में क्लास करने आयी होगी। उसे चल कर हिम्मत बँधाना उसका पहला काम है। वह तेजी से विश्वविद्यालय परिसर में घुसा और उसके विभाग की ओर चला। उसने घड़ी देखी। ढाई बज रहे थे। कक्षाएँ दो बजे ख़त्म हो जाती हैं। फिर भी उसने चांस लिया। उसने विभाग में क्लर्क और चपरासियों से पूछा। इधर-उधर कमरों में झाँका, मैदान में देखा और अन्त में लड़कियों के कॉमन रूम तक भी गया। उसने सोचा, लाइब्रेरी में देख ले। बड़ी बहन ने कल रात कहा था कि वह बहुत डरी हुई है। हो सकता है वह लाइब्रेरी में बैठी हो। लेकिन वह वहाँ भी नहीं थी। एकाएक उसे लगा कि वह अभी तक कुछ नहीं कर पाया। हालाँकि जो हो चुका, उससे ज़यादा कुछ नहीं होना चाहिए अब। तब उसे यह भी लगा कि वह बेकार इतना उत्तेजित हो गया था और उसकी इसी उत्तेजना के कारण उसके दो वयोवृद्ध साथियों की बेइज्ज़ती हो गई। यह सोच कर उसे पछतावा तो हुआ ही, लेकिन उसका तनाव उतर गया। इस सारी अफ़रा तफ़री में वह खाना, खाना भूल गया था। मेस बन्द था, सो उसने सोचा कि चल कर यूनिवर्सिटी रोड के किसी ढाबे

में पहले भोजन किया जाए। अधिकांश ढाबे भरे हुए थे। अब उसे बड़े ज़ोरों की भूख महसूस हो रही थी। कहीं भी कुछ खाना चाहिए, यह सोचते हुए वह आगे बढ़ कर एक टुटहे और सस्ते ढाबे में घुस गया।

ढाबे में सिर्फ़ एक सिपाही खाना खा रहा था। उसने अपनी बेल्ट उतार कर एक ओर बेंच पर रखी हुई थी।—एक अधेड़ आदमी, जिसके चेहरे पर किसान और सिपाही की मिली-जुली राख मली हुई थी। मनोज उसके सामने ही बेंच पर उससे मुखातिब होकर बैठ गया। सिपाही ने खाते हुए उसे एक नज़र देखा। मनोज ने नमस्कार किया तो सिपाही ने बिना बोले उसे फिर देखा। मनोज ने खाने का ऑर्डर दिया। अब वह निश्चिन्त था।

'आपसे एक बात पूछनी है।' मनोज ने मुस्कुरा कर कहा।

सिपाही ने उसे फिर भर-नज़र देखा।

'अगर किसी लड़की के साथ दुर्व्यवहार हो तो उसके लिए पुलिस में क्या करना चाहिए?'

'दुर्व्यवहार हो गया?' सिपाही ने उसे घूरा।

'नहीं।' मनोज ने कहा।

'तो दुर्व्यवहार हो जाने दो।' सिपाही ने अकड़ के लहजे में कहा।

सिपाही की बात से मनोज का तनाव फिर से बढ़ गया। वह तरह-तरह की कल्पनाओं-आशंकाओं से विचलित हो उठा। उसने खाना किसी तरह निगला। बाहर निकल कर उसने बड़ी बहन को फ़ोन किया। उससे अब तक की अपनी नाकामयाबियों का ज़िक्र, और अन्त में यह कि वह तुरन्त चली आए।

बड़ी बहन सिर्फ़ हँसी-एक छोटी-सी, अति संक्षिप्त हँसी।

[7]

जिस वक्त मनोज लड़की को यूनिवर्सिटी में ढूँढ़ रहा था, उस वक्त लड़की शार्दूल विक्रम सिंह की हिरासत में थी। मैम ने मैत्रेयी को बुला कर कहा कि 'सेक्रेटरी के नाते तुम्हारा कर्त्तव्य है कि तुम उसे हाजिर करो। वह बुलाने पर आती नहीं और भागी भागी फिरती है। गॉर्ड बता रहा था कि कल रात नौ बजे वह बाहर सड़क पर देखी गई। ब्लॉक सर्वेण्ट गई तो उसने कहला भेजा कि वह क्लास करने जा रही है। तुमने मुझे दो बार टोका भी है कि वह अवैध रह रही है। और यह बू वाली बात

भी अक्सर चर्चा में है। तुम्हें शायद उल्टी भी हुई थी।' मैत्रेयी मुस्कुराई और कहा कि 'अभी हाजिर करती हूँ मैम!' मैत्रेयी हॉस्टल लौटी और यह सोचते हुए लौटी कि ऐसे छोटे-मोटे मामलों में हाथ डालना उसकी शान के खिलाफ़ है। अत: उसने अपनी प्रमुख तीनों गुंडियों को तलब किया। उन तीनों को मैत्रेयी ने आदेश दिया कि तीस नम्बर को पकड़ कर फ़ौरन से पेश्तर अधीक्षिका निवास पर ले जाँय। 'और कपड़े-वपड़े चेन्ज करने का बहाना करे तो बिल्कुल नहीं सुनना। टाँग ले जाओ साली को! और मैम के सामने नहीं, सर के सामने हाजिर करना है। वह क्लर्क वाले कमरे में विराजमान होंगे। और उसे कमरे में छोड़ कर बाहर फाटक पर डँटी रहो। ख़बरदार, कोई गफ़लत न हो। और जब सर कहें तभी छोड़ना है।' तो गुंडियों ने तीस नम्बर का द्वार खटखटाया। लड़की ने यूनिवर्सिटी से लौट कर अभी कपड़े भी नहीं बदले थे। उसने दरवाज़ा खोला तो उसे आदेश सुनाया गया। लड़की ने अपनी चुन्नी सँभाली और चल पड़ी। और इस वक्त वह सर की हिरासत में थी।

सर उस टुटही मेज़ के पीछे काठ की कुर्सी पर बैठे थे। उनकी आँखों के सामने अख़बार था जिसमें वे कटि प्रदेश तक छिपे हुए थे। शेष भाग मेज़ के नीचे था।

'तुम तो अवैध संवासिनी हो?' शार्दूल विक्रम सिंह ने चेहरे के सामने से बिना अख़बार हटाये कहा।

'मेरी बड़ी बहन उसमें रहती है सर!' लड़की ने कहा।

'उसकी तो नौकरी लग गई।' अख़बार के पीछे से आवाज़ आयी।

'मेरा ऐडमिशन एम. ए. में हो गया है सर!' लड़की बोली।

'हें-हें।' अख़बार के पीछे से हें-हें।

'जब तक कमरा मिल नहीं जाता, तब तक रहने दीजिए सर!' लड़की ने कहा।

शार्दूल विक्रम सिंह ने चेहरे के आगे से अख़बार हटाया और बगल में फेंका। कागज़ों की खरखराहट सुनाई पड़ी। शार्दूल विक्रम सिंह का चेहरा नीचे था। आँखें भी नीची थीं। 'लेकिन कैसे?' उन्होंने उसी तरह कहा।

'ऐडमिशन हो जाएगा सर!

'लेकिन कैसे?"

'मेरा बी.ए. में फ़र्स्ट डिवीज़न है सर, और मैं अनुसूचित जाति से आती हूँ।' लड़की बोली।

'उससे क्या होता है?' सर जी हँसे।

'क्यों सर?'

'बहुत सारी लड़कियाँ पहले से ही प्रतीक्षा सूची में हैं।'

लड़की भरम में फँस गई।

'तुम्हारा पहले वाला दस हजार रुपया भी मोजरा हो गया।' कॉमरेङ ने कहा।

'तब सर?'

'दस हजार रुपया कल सुबह तक जमा कर दो, या कल शाम तक कमरा ख़ाली कर दो।' शार्दूल विक्रम सिंह की आँखें वैसे ही नीचे थीं। अभी तक एक बार भी उन्होंने लड़की को आँख उठा कर देखा नहीं था।

'रुपया तो नहीं दे सकती सर।' लड़की ने लगभग घिघिया कर कहा।

'रुपया नहीं दे सकतीं?' इस बार शार्दूल विक्रम सिंह ने अपनी आँखें कपार में चढ़ा कर लड़की को देखा।

'नहीं सर।' लड़की बोली।

'रुपया नहीं दे सकतीं तो कुछ और दो।' कॉमरेड ने अब चेहरा भी ऊपर उठाया।

लड़की को लगा, उसके पेट में हूल उठ रही है, उसके गले में कुछ अँटक रहा है। उसकी धड़कन धड़धड़ा कर एकाएक बढ़ गई।

'जाओ।' शार्दूल विक्रम सिंह कुर्सी से उठ खड़े हुए।

लड़की जाने को मुड़ी।

'और सुनो।' शार्दूल विक्रम सिंह ने तभी उसे पुनः आवाज़ दी। लड़की घूमी।

'मेरे प्रस्ताव पर विचार करो।' वे निकल कर बँगले में ग़ायब हो गए।

[8]

लगभग सत्रह घंटे चल कर दूसरे दिन बड़ी बहन हॉस्टल पहुँची। उसने सामान पटका, ज़ार-ज़ार रोती छोटी बहन को कड़ा किया। सब बातें समझ-बूझ कर दोनों मनोज के यहाँ पहुँचीं। उसे लेकर बाहर निकलीं और एक महान, ऐतिहासिक इमारत के विस्तृत हरे-भरे लॉन में एक बेंच पर जा बैठीं। बड़ी बहन ने सारी स्थिति का जायजा लिया। मनोज ने बड़े कायदे से एफ. आई. आर. न कराने की अपनी सलाह पर तर्क दिया। बड़ी बहन बीच-बीच में मुस्कुराती रही। मनोज ने उसकी मुस्कुराहट का अर्थ समझा और बड़ी साफ़गोई से कुबूल किया कि फ़िलहाल, यह उसकी लाचारी भी हो सकती है। तीनों ने तय किया कि अभी तो अधिष्ठाता, छात्र-कल्याण को एक अर्जी दी जाए कि ऐडमिशन होने तक वह लड़की को हॉस्टल में रहने की अनुमति दें। वहीं झटपट अर्ज़ी लिखी गई और तीनों यूनिवर्सिटी में डीन, छात्र-कल्याण के

दफ़्तर में पहुँचे। अधिष्ठाता ने अर्ज़ी पढ़ी और अपनी अनुमति के साथ अधीक्षिका को संस्तुत कर दिया। दोनों बहनें वहाँ से सीधे हॉस्टल पहुँचीं और उस छोटे से कमरे में विराजमान, स्थानापन्न क्लर्क शार्दूल विक्रम सिंह को अर्ज़ी पकड़ाई और प्राप्ति रसीद की माँग की। शार्दूल विक्रम सिंह अर्ज़ी लेकर बँगले में गए और पाँच मिनट बाद बाहर आ कर कहा कि प्राप्ति रसीद बाद में आ कर ले जाना। दोनों बहनें एक दूसरे का मुँह ताकती चल दीं।

शार्दूल विक्रम सिंह जब दुबारा बँगले में घुसे तो मैम अधिष्ठाता, छात्र-कल्याण से फ़ोन पर तू-तू मैं-मैं कर रही थीं।

'आपने कैसे आदेश कर दिया?' मैम ने कहा।

'लड़की है, और उस कमरे में तीन साल से अतिथि-छात्रा के रूप में रह रही है इसलिए। और वह भी दस-पन्द्रह दिन की तो बात है। तब तक तो हॉस्टल की ऐडमिशन लिस्ट आ ही जाएगी।' उधर से डीन, छात्र-कल्याण ने कहा।

'आपको कैसे पता कि ऐडमिशन हो ही जाएगा?' मैम चिंचियाईं। 'लड़की फ़र्स्ट डिवीज़न है, और फिर कोटे से भी है।' डीन ने कहा। 'लड़की के बारे में आप क्या जानते हैं?' मैम गरजीं।

'कुछ नहीं।'

'तब?'

'कुछ भी नहीं।'

'वह लड़की ठीक नहीं है। बदतमीज़ है, राजनीति करती है, जातिवाद चलाती है।' मैम ने कहा।

'यह आपका मामला है।' अधिष्ठाता, छात्र-कल्याण ने कहा। 'तो आप क्यों टाँग अड़ाते हैं?'

'पहले टाँग अड़ाई तब तो आपने एक बार भी कुछ नहीं कहा।'

'वे सब सही लड़कियाँ थीं।' मैम ने कहा।

'तो इस गलत लड़की को आप पिछले तीन सालों से कैसे रखे रहीं?" अधिष्ठाता बोले।

मैम निरुत्तर हो गईं। उन्होंने सिर इधर-उधर झटका। फ़ोन पर हथेली रख कर पतिदेव की तरफ़ देखती हुई, दाँत किटकिटा कर बोलीं, 'ईडियट।' फिर फ़ोन पर से हाथ हटाया और शान्त भाव से बोलीं, 'देखिये डीन साहब, वह लड़की चरित्रहीन

है। आपको इसमें हाथ नहीं डालना चाहिए था।'

लेकिन अधिष्ठाता, छात्र-कल्याण का पारा तब तक काफ़ी चढ़ चुका था, बोले, 'कभी आप कहती हैं, टाँग अड़ाता हूँ, कभी कहती हैं, हाथ डालता हूँ। मैडम, पहले भी सत्रह बार टाँग अड़ा चुका हूँ और चौदह बार हाथ डाल चुका हूँ। तब तो आपने उन सभी लड़कियों को रहने दिया। आप जानती हैं, इसके लिए दोनों बार मेरी शिकायत हुई और दोनों बार महामहिम कुलाधिपति के सामने मेरी पेशी हुई। और पेशी इसलिए हुई कि दोनों बार सभी लड़कियाँ सुलक्षणी यानी सवर्ण थीं। और आप इस बात से अच्छी तरह वाकिफ़ हैं कि महामहिम दलित वर्ग से आते हैं और सारे प्रदेश में अपने दलित-एजेंडे के साथ कोहराम मचाये हुए हैं। तो इस बार अपना पाप धोने के लिए मैंने एक दलित लड़की को अनुमति दे दी तो कौन सा पहाड़ टूट पड़ा?' डीन ने अपनी बात ख़त्म की।

'पहाड़ यह टूट पड़ा कि वह चरित्रहीन है।' मैम ने कहा।

'चरित्रहीनता दलितों का ही 'सद्गुण' नहीं है मैडम!' डीन ने फ़ोन पटक दिया।

'मैं देख लूँगी साले को!' मैम फ़ोन रखते हुए भुनभुनाईं।

'हें हें।' शार्दूल विक्रम सिंह ने किया।

'क्या हें—हें? क्याऽऽ?' मैम ने पति को एक हाथ से धक्का दिया और पीछे निकल कर झूले रूपी कोप भवन पर बैठ गईं और झूलने लगीं।

शाम को दोनों बहनें फिर प्राप्ति रसीद के लिए आ धमकीं। शार्दूल विक्रम सिंह वैसे ही टुटही मेज़ पर कागज-पत्तर फैलाये हिसाब-किताब में व्यस्त थे। दोनों लड़कियों ने चिक उठा कर झाँका।

'आ जाएँ सर?' बड़ी बहन ने पूछा। 'किसलिए?'

'वो, प्राप्ति-रसीद के लिए सर!'

'आओ।' शार्दूल विक्रम सिंह ने अपना चेहरा बिना उठाये कहा। दोनों बहनें कमरे में दाखिल हुईं।

'तुम्हारा टाइम तो ख़त्म हो गया।' शार्दूल विक्रम सिंह ने कहा। लड़कियाँ चुप।

'तुमसे क्या कहा था?' कॉमरेड ने कपार में आँखें चढ़ा कर छोटी बहन को देखा।

अब तो डीन ने आदेश कर दिया है सर!' बड़ी बहन ने कहा।

'हम उस आदेश को फाड़ कर फेंक भी सकते हैं।' अबकी कॉमरेड ने चेहरा उठाया।

'तो फाड़ के फेंक दीजिए आप।' छोटी बहन ने एकाएक ताव में आ कर कहा।

बड़ी बहन ने घूम कर उसे आश्चर्य से देखा, जैसे पहली बार देख रही हो।

'सिर्फ़ एक ही रास्ता बचता है, टाइम बढ़ा देता हूँ। कल शाम तक रुपये जमा कर दो।' कॉमरेड ने कहा।

'किसलिए?' छोटी बहन फिर बोली।

'अवैध या सवैध रहने के लिए।'

'और न दें तो?' बड़ी बहन ने सवाल किया।

'तो हम जैसे डीन का आदेश फाड़ कर फेंक सकते हैं, उसी तरह तुम्हारे फटीचर लगेज के साथ तुम दोनों को भी उठा कर हॉस्टल से बाहर फेंकवा देंगे-समझीं। और भागो यहाँ से, बकवास बन्द करो।' कॉमरेड कुर्सी से उठ खड़े हुए।

[9]

दोनों बहनें बाहर निकलीं और फिर मनोज को पकड़ा। डीन का आदेश वह सचमुच फाड़ कर देगा, और हमें भी। मैम बाद में मुस्कुरा कर कहेंगी, 'कौन-सा आदेश?' तब, इसी नुक़्ते पर यह बात तय हुई कि मामले को आगे बढ़ाये बिना काम नहीं चलेगा।

'आख़िर और भी रास्ते हैं', बड़ी बहन ने कहा, 'जाँच कमीशन हैं, मानवाधिकार आयोग है, शासन है, सत्ता है, लोग हैं, अख़बार हैं, नियम-कानून हैं। मैं यह सब नहीं चलने दूँगी। और मैं भीख माँगने, गिड़गिड़ाने वाली नहीं। आख़िर मेरी बहन को ही क्यों सज़ा मिले? इसलिए कि...इसलिए कि? और बीवी है जो उठाने का धन्धा करती है और शौहर बोलता है कि मेरे प्रस्ताव पर सोचो। मैंने तुमसे उसी रात फ़ोन पर कहा था मनोज, और तुम तर्क दे दे कर मुझे हलकान करते रहे। पहली बार पैसे देकर मैं फँस गई। और कैसे दिया, जानते हो तुम। अब कहाँ से दूँ? क्योंकि बातें सिर्फ़ पैसे तक महदूद नहीं हैं अब। बातें सब खुल गई हैं। और पैसे होंगे तब भी नहीं दूँगी अब। आधा भ्रष्टाचार और आधा सदाचार—यह नहीं चलेगा। हम जीतेंगे तो पूरी तरह और हारेंगे तो पूरी तरह—समझे।'

उन्होंने फिर उसी ऐतिहासिक इमारत के लॉन में बैठ कर प्रतिवेदन लिखा और किसको किसको भेजना है, इसकी सूची तैयार की।—महामहिम कुलाधिपति राज्यपाल, माननीय मुख्यमंत्री, माननीय उच्च शिक्षा मंत्री, राष्ट्रीय अनुसूचित जाति-जनजाति आयोग, नई दिल्ली, प्रादेशिक जाति-जनजाति आयोग, प्रमुख सचिव (गृह), प्रमुख

सचिव (सतर्कता), कुलपति, कुलानुशासक, अधिष्ठाता, छात्र-कल्याण, जिलाधिकारी और वरिष्ठ पुलिस अधीक्षक। इतने सारे लोग और संस्थाएँ और जनहित में कार्यरत कमीशन! प्रजातंत्र का इतना सुघड़ प्रसार और हो-हल्ला, और यह आदमी अपनी गुच्ची-गुच्ची आँखें कपार में चढ़ा कर तानाशाही चलाता है कि तुम दोनों को भी तुम्हारे फटीचर लगेज के साथ सड़क पर फिंकवा दूँगा? तो देखते हैं। यह देश उसकी जमींदारी है क्या? प्रतिवेदन लिखने के पहले मनोज ने इस बात पर बहस की कि घटित बातों में से कितना लिखा जाए। क्या धन्धे के बारे में लिखा जाए? या सिर्फ़ अपनी समस्याओं के बारे में? क्या कोई प्रमाण है? क्या कोई लड़की या लड़कियाँ गवाही के लिए खड़ी होंगी? बड़ी बहन ने कहा कि सब कुछ दबाव और बच निकलने की लाचारी में हो रहा है। सभी कुछ नहीं तो अधिकांशत:, और अगर विस्फोट हुआ तो छात्राओं का समुदाय सारे उत्पीड़न और सभी तरह के शोषण से मुक्ति के लिए खुल कर बाहर आ जाएगा। और फिर सबकी आँख का पानी इतना नहीं मर गया है। अभी भी कुछ बचा है, तभी यह समाज चल रहा है। इसलिए इसे पूरी तरह अपना निजी, अकेला मामला नहीं बनाना है। और अगर सचमुच ऐसा ही है मनोज, जैसा कि तुम कह रहे हो, तो भी हम लालच और लाचारी में नहीं मरेंगे। हम दूसरी तरह से मरना पसन्द करेंगे। बातें मनोज को भी सही लग रही थीं लेकिन बातों के भीतर उत्तेजना, नैराश्य और आत्मबलि की तीखी गन्ध थी। तभी, इन बातों को सुनते हुए, सहसा उसे ढाबे के उस सिपाही का कथन याद आया, 'तो दुर्व्यवहार हो जाने दो।' वह सजग हो गया। उसने अर्जी एकदम तथ्यात्मक बिना किसी घुमाव फिराव के लिखी। तथ्यात्मक-जिसकी तथ्यात्मकता का प्रमाण अँधेरे में था। प्रतिवेदन के साथ अवैध रह रही पैंसठ लड़कियों की सूची बतौर संलग्नक नत्थी थी, जिनमें तेरह नाम टिक् थे, जो इस मामले में गवाही देंगे। उन्होंने सारी वित्तीय अनियमितताओं और भ्रष्टाचार के लिए जाँच-कमीशन बैठाने की माँग की और अन्त में लड़की ने अपने लिए न्याय की गुहार लगाई, 'आप ही मुझे न्याय दिला सकते हैं।' यह 'आप' महामहिम राज्यपाल और कुलाधिपति थे। शेष ग्यारह लोगों को प्रतिवेदन की प्रतिलिपि 'अवलोकनार्थ और त्वरित कार्य सम्पादन के लिए प्रेषित' थी।

[10]

फ़ैक्स मशीन पर जब वह प्रतिवेदन निकलना शुरू हुआ तो महामहिम के प्रमुख

सचिव ने अपना सिर पीट लिया। इस हफ़्ते में यह पहला दिन था जब दलित उत्पीड़न की कोई रिपोर्ट आज तीसरे पहर फ़ैक्स पर आयी थी। उन्होंने प्रतिवेदन पढ़ा और पढ़ते हुए उनका दिल बैठने लगा। महीने के अन्त में महामहिम ने उस शहर का विस्तृत दौरा लगाया हुआ है। यूनिवर्सिटी उसमें शामिल थी लेकिन बौद्धिक जगत के लोगों की समस्याएँ सुनने-समझने और हल ढूँढ़ने के लिए। प्राध्यापकों के व्यक्तिगत प्रोन्नति के आपसी झगड़े थे। दस-दस वर्षों से विभागों में नियुक्तियाँ नहीं हुई थीं। छात्रों की संख्या चौगुनी ज़्यादा और अध्यापकों की चौगुनी कम। बचे-खुचे लोग कोचिंग में और सेमिनार बन्द। यूनिवर्सिटी खंडहर और एक प्रोफ़ेसर लाइब्रेरी के संरक्षित विश्वकोष-प्रभाग से पन्ने फाड़ कर, अपने मोज़ों में भर कर ले जाते हुए रँगे हाथों पकड़ा गया था। अध्यापकों के लिए घर नहीं थे और जो थे उनमें पुराने सेवानिवृत्त लोग न्यायालयों से स्थगन आदेश ले कर पड़े हुए थे। छात्र-छात्राओं के लिए हॉस्टल कम और यूनिवर्सिटी कार्य परिषद पर गुंडों का कब्ज़ा। तिकड़म और गुटबाजी और वर्चस्व का सघन महाभारत। अनुसूचित जाति-जनजाति के वज़ीफ़ों की अराजपत्रित कर्मचारियों द्वारा लूट। वीभत्स छेड़खानी और छात्र-समुदाय का सिद्धान्तहीन राजनैतिकीकरण। एक नए वास्तुकार ने देवभाषा विभाग के लिए इमारत के जिस नए डिज़ाइन का नक्शा तैयार किया था, वह उत्खनन में मिले खण्डहर की तरह अधबना खड़ा था और उस खण्डहर में अब अमन-चैन के लिए पुलिस थाना था। खण्डहर के गलियारों और बरामदों में सिपाहियों की लुंगियाँ, लँगोट और अँगोछे सूखते हुए लहराते रहते थे और लड़के और सिपाही एक साथ ताश की गड्डियाँ फेंटते हुए, सन्नाटे या शोर को सूँघते बैठे रहते। मौलसिरी के पेड़ों के नीचे मुलायम और चिकने पुट्ठों वाले घोड़े बँधे रहते और जब भी बच्चा लोग हड़बोंग मचाते, उन्हें तितर-बितर करने के लिए घुड़सवार सिपाही उन पर घोड़े दौड़ा देते। काई की तरह फटते हुए लड़के इधर-उधर हँसते हुए भागते। हँसते हुए भागना छात्र आन्दोलनों की नव-अर्जित शैली थी, जिसका इतिहास लिखा जाना अभी बाकी था। भीड़ पर दौड़ते हुए घोड़े टियर-गैस और लाठीचार्ज का नया विकल्प थे। और तिस पर यह कि यूनिवर्सिटी में एक पूर्वाराम की तरह शान्ति थी, घिसटना था, लँगड़ी चाल थी, चित्-पट था, सनसनी थी, अख़बारबाज़ी थी, स्वर्ग और नरक की चहलन थी। शोध और विचार और डिग्रियाँ और दान और दीन की हुमक थी। इसी खलबलाहट के आकलन और हल और क्षतिपूर्ति और गौरव-संरक्षा के लिए महामहिम ने दौरा लगाया था। यूनिवर्सिटी प्रसन्नचित्त थी और उधार खाते में दनादन उसकी फ़ेस-लिफ़्टिंग चल रही थी। टूटे हुए शीशे हटाओ, कंकड़-पत्थर साफ़ करो, लँगोट और सुथन्ने भीतर

और घोड़े नौकरों के क्वार्टर के पीछे बँसवारी में। मच्छरमार दवा छिड़को, फ़ाइलें साफ़ और लाइब्रेरी चाक-चौबन्द। छात्रों को कैम्पस के बाहर। पुलिस का भरपूर इन्तजाम और सन्नाटा बदस्तूर। कहीं कोई परिन्दा भी पर न मारे। अधेड़ अध्यापकों ने बाल रँगवा लिए। देखो-देखो, विभागों के कोनों-अंतरों में कहीं पान की पीक और कूड़ा और कंडोम के पैकेट तो नहीं?

हफ़्ते भर की शान्ति उस फ़ैक्स से भंग हुई। महामहिम का आदेश था कि दोपहर की नींद के बाद जब वे दफ़्तर पधारें तो दलित उत्पीड़न की फ़ाइल, फ़ाइल नम्बर एक हो। हफ्ते भर से फ़ाइल में कुछ नहीं आया था। आज यह केस आया। महामहिम ने देखा और बिना किसी टिप्पणी के फ़ाइल सरका दी।

'और पिछले मामलों पर कार्यवाही?' महामहिम ने अपनी फूली हुई आँखें ऊपर उठाईं।

'अभी तक कुछ नहीं सर!' प्रमुख सचिव ने कहा।

'कल कार्यवाही-रिपोर्ट तलब करो।' महामहिम ने कहा।

'जी, जी सर!' प्रमुख सचिव ने जैसे आधा झुक कर जुहार की।

'ये सब क्या हो रहा है?' महामहिम ने दुख और विराग से कहा और छड़ी ले कर उठ खड़े हुए।

'कहाँ सर?' प्रमुख सचिव डर गए।

'कुछ नहीं।' महामहिम राजभवन के विस्तृत लॉन में निकल कर टहलने लगे।

दोपहर की नरम-नरम ढलती हुई धूप थी। महामहिम एक सीधे-सरल और अपने विश्वासों पर अटल रहने वाले कंठोर राजनैतिक कार्यकर्ता थे। छोटा क़द, सादा, हाथ से धुला हुआ कुर्ता-पायजामा और उसके ऊपर खद्दर की एक निहायत घिसी हुई सदरी। अपने कक्ष में मिलने वालों के सामने वे प्रकट होते तो लगता कि यह आदमी अभी-अभी माकूल इन्तजाम देखने के बाद अस्त-व्यस्त चला आ रहा है। राजभवन की पुरानी, गोथिक इमारत में वे बिल्कुल बौने और हास्यास्पद दिखते। उनका अमला फैला, उनका प्रमुख सचिव, उनका अंगरक्षक-कैसा शानदार, और वे एक मलिन मुस्कान के साथ आगे-आगे चलतें हुए। बुढ़ापा और सूजी हुई पलकें और उत्साह धीरे-धीरे खिरता हुआ। फिर भी वे उर्दू की शेर-ओ-शायरी बार-बार उद्धृत करते हुए, एक विकट विचार-भक्ति को सँभाले, दोपहर की नींद के बाद सारे कागज पत्तर देखते ही। तब लगता कि यह लोकतंत्र का ही कमाल है कि यह अदना

सा आदमी यहाँ सत्ता के शीर्ष पर बैठा है और अपने दलित-एजेंडे से अपने टिपंखे मुख्यमंत्री का जीना हराम किए है।—

'कोई दलित उत्पीड़न नहीं हो रहा।' मुख्यमंत्री जी हँस कर प्रेस वालों से कहते हैं।

'और पाँच दलितों पर जो तेजाब फेंका गया सर?'

'सब ठंडा हो जाएगा।' मुख्यमंत्री जी जवाब में कहते हैं।

'जाड़ा आने पर सर?' कोई संवाददाता चुहल करता है।

'चलिए-चलिए, जलपान कीजिए।' मुख्यमंत्री जी हाथ से इशारा करते हैं। 'कोई स्कूप सर?' संवाददाता चलते-चलते पूछता है।

'नहीं, मुझे कौन हटायेगा!' मुख्यमंत्री जी सिर मोड़ कर टूटे दाँतों में हँसते

संवाददाता ज़ोर से हँसता है।

मुख्यमंत्री का प्रेस-अटैची उन्हें कहता है, 'सर, उधर...।' वह मंत्रियों के जमघट की ओर इशारा करता है।

'लपेट लिया?' एक दूसरा संवाददाता प्लेट उठाये-उठाये उस संवाददाता से पूछता है।

'सचमुच खुदाई में मिला है यार!' दोनों ज़ोर से हँसते हैं।

अजब हाल है!' मुख्यमंत्री अपने सहयोगियों से जीभ-चटचटाते हुए कहते हैं।

'क्या सर?' कोई मंत्री पूछता है।

'यहाँ कोई राष्ट्रीय चुगलखोर तो नहीं है?' मुख्यमंत्री जी मुस्कुराते हैं।

मंत्रियों के बीच एक अट्टहास फूटता है।

'ख़ैर हो भी तो क्या! मैं कहता हूँ, इस ऊर्वर प्रदेश में आपको इसलिए भेजा गया कि हमारे वोट-बैंक में जमा-पूँजी तेजी से बढ़े। इसलिए कि आप आए तो दलितों में यह संदेश जाएगा कि हम खाली सवर्णों के नेता नहीं हैं। और कहाँ हैं? हैं क्या? आपका आना इसलिए हुआ कि देखो, हमारे विचारों में, हमारी राजनीति में कितनी तब्दीली आयी है। हमारी नज़र में देश का हर आदमी बराबर है। सबको सम् पर लाना ही तो साम्राज्य है, और उसी के लिए हमारी पहलकदमी है। तो इस पहलकदमी में हमारा साथ दीजिए आप। यह नहीं कि आते ही एक नया शिगूफा खड़ा कर दो, एक दलित-एजेंडा हवा में उछाल

दो। अरे भाई, पार्टी है, संगठन है, संगठन के ऊपर भी संगठन है। मान्यताएँ हैं, मान्यताओं के ऊपर भी मान्यताएँ हैं—क्या आप नहीं जानते? एक रणनीति भी होती है। जो कथनी और करनी को एक करने की बात करते हैं वे क्या नहीं जानते कि कथनी और करनी के ऊपर एक और भी कथनी और करनी है? कथनी और करनी को एक कर दोगे तो राजनीति होगी? नहीं होगी। राजनीति में झाँसे और झूठ भी काम आते हैं—यह आपको कौन सिखायेगा? हम? आप हमसे कम बूढ़े हैं क्या?...अब रोज़ एक बखेड़ा, रोज़ एक फ़ाइल, रोज़ एक टिप्पणी, रोज़ एक बुलावा! कैबिनेट सचिव की नाक में दम है। पूछो कि नकदम भी कोई राजनीति है क्या?...तो मैं तो नहीं मानता कि यह ऊर्वर प्रदेश मात्र एक ऊर्वर दलित प्रदेश है।...होगा। 'मुख्यमंत्री जी के चारों ओर सन्नाटा है।

'देखिये पंडित जी! 'महामहिम राजभवन के विस्तृत लॉन में टहलते हुए अपने प्रमुख सचिव से कहते हैं।

'जी सर!'

'उस लड़की की फ़ाइल को मुख्यमंत्री जी को अभी नहीं भेजना है। उसे यूनिवर्सिटी के दौरे में जोड़ लीजिए।' महामहिम ने कहा।

'जी, जी सर!'

'और वो क्या लिखा है? 'फ़ाइनेन्शियल इर्रेगुलरीटिज़' को हिन्दी में क्या बोलते हैं?'

'वित्तीय अनियमितताएँ' सर!'

'हाँ वही। उस पर एक विस्तृत नोट लिख कर पूरे मामले के साथ कुलपति जी को तुरन्त भेजिए।'

'वित्तीय अनियमितताएँ और अन्य'—ऐसा कर देता हूँ सर!' प्रमुख सचिव ने कहा।

महामहिम छड़ी टेक कर खड़े हो गए। उन्होंने प्रमुख सचिव को घूम कर देखा- एक वीरान मुस्कुराहट के साथ।

'कुछ चाहिए सर?' प्रमुख सचिव कुछ अस्त-व्यस्त हुए।

'आपके भेजे में थोड़ी-सी बुद्धि।...आप बहुत तेज़ समझते हैं अपने को? 'महामहिम वैसे ही खड़े रहे।

'माफ़ी चाहता हूँ सर!' प्रमुख सचिव ने नज़रें झुकाए-झुकाए कहा।

'किस बात के लिए?' महामहिम ने उनको घूरा और चलने लगे। प्रमुख सचिव पीछे-पीछे।

'जिसे आप 'अन्य' कह रहे हैं वही मुख्य मामला है', महामहिम फिर खड़े हो गए, 'उसे नोट में नम्बर एक पर रखिये। और विस्तृत टिप्पणी चाहिए मुझे। दिखा कर कुलपति को भेजिये। मेरे दौरे के पहले जाँच हो जानी चाहिए। लिखिये कि जाँच-रिपोर्ट मुझे वहीं हाथों-हाथ सौंपी जाए। और क्या तमाशा है यह? हमें मुँह दिखाने लायक भी नहीं छोड़ना चाहता यह आदमी! बहुत बड़ा चुप्पा और मिठबोला है। जब आता है, अपने शोध और सायटिका की बात करेगा। अनुदान की बात करेगा, नियुक्तियों की बात करेगा, प्रोफ़ेसरान की असुविधा का रोना रोयेगा, जातिवादी राजनीति का टंटा बखानेगा और कभी कोई सही ख़बर नहीं देगा। ये क्या होता है कि आपको भेजा जाता है किसी और काम के लिए और आप करते कुछ और हैं? राजनीति एक सीधी चोट होनी चाहिए, कोई छिपा एजेंडा नहीं। और फिर मुख्यमंत्री जी ने कल की प्रेस वार्ता में कहा कि कुछ नहीं हो रहा। मान लीजिए आपकी बेटी है तब? मुफ्ती की बेटी थी तब? तब तो सारा प्रशासन सिर के बल खड़ा हो गया था! अपहरण और आपूर्ति में ज़्यादा फर्क नहीं है पंडित जी! दोनों में अनिच्छित शोषण है। दोनों में हिंसा है। ज़बर्दस्त शारीरिक और मानसिक अपमान है। दोनों में बल-प्रयोग है, सिर्फ़ उसके तरीके में अन्तर है। दोनों में फिरौती है। एक में प्रत्यक्ष, दूसरे में परोक्ष। आप क्या समझते हैं, जो देवी जी वहाँ प्रतिष्ठित पद पर आसीन हैं और इस कुकर्म में लिप्त हैं, उनका कोई निहित स्वार्थ नहीं होगा? सिर्फ़ एक घिनौने मज़े के लिए वे वैसा करती होंगी?...लेकिन नहीं, किसी खटिक की बेटी होने का क्या मतलब? उसे नरक में डालो और हँसो। या उसे आपकी तरह 'अन्य मामलों' के घूरे पर डाल कर रफ़ा-दफ़ा कर दो।' महामहिम खाँसने लगे।

[11]

लौटे हुए फ़ैक्स से यूनिसर्विटी प्रशासन में हाहाकार मच गया। कुलपति जी भोजन के लिए उठे और अपने पी. ए. को हिदायत दी कि कुलपति-निवास पर ही सारे अधिकारियों और फ़लाँ-फ़लाँ को बुला लो। तो चार बजे सारे प्रशासनिक अधिकारी,

तीनों संकायों के अधिष्ठाता, अधिष्ठाता, छात्र-कल्याण, कुलानुशासक और कुलपति जी के फलाँ-फ़लाँ एकत्र हुए। लड़की द्वारा प्रेषित 'अवलोकनार्थ प्रति' का अवलोकन अभी तक किसी ने नहीं किया था। सिर्फ़ अधिष्ठाता, छात्र-कल्याण ने अवलोकन किया था और वे मन ही मन खुश थे कि अब पता चलेगा कि मैं क्यों टांग अड़ाता था और क्यों हाथ डालता था? अधीक्षिका यानी मैम, जो सूचना के वक्त झूले पर थीं, और उनके पति-परमेश्वर कॉमरेड शार्दूल विक्रम सिंह भी पीछे-पीछे हाथ भाँजते हुए। और संरक्षिका, जिनके हाथ में क्लास-नोट्स की फ़ाइल थी। फ़लाँ फ़लाँ ने अधिष्ठाता, छात्र कल्याण से पत्रावली माँग कर बारी-बारी से उसका अवलोकन किया। हँसी-मज़ाक का माहौल ग़ायब था। उसमें सिर्फ़ एक फ़लाँ साहब उठ कर बाहर गए और चपरासी को पैसे दिए कि वह साइकिल से दौड़ कर चार जोड़ी पान बँधवा लाये और ज़र्दा चूना-सुपारी अलग से। 'बाकी लोग तो अपवित्र शाकाहारी हैं'—कह कर वे हँसे तो उनकी दोहरी ठोढ़ी और आगे को निकल आयी। वे एक सफ़ेद चिंपैंजी थे, जिनके होठों के पतले और भद्दे कोने हमेशा ताम्बूल-चर्वण से भींगे रहते। वे यूनिवर्सिटी मामलों के विधि-विशेषज्ञ थे और किसी भी समस्या से तिकड़म और ताकत से निकल भागने का रास्ता सुझाना उनकी ख़सलत थी। अपनी इसी अर्हता के चलते वे हर कुलपति के लिए एक अनिवार्य फ़लाँ पिट्ठू थे। उन्हें सिर्फ़ रात भर का समय चाहिए।

वे अन्दर आए और शार्दूल विक्रम सिंह की पीठ पर एक धौल जमाया। 'कहो बालम!' उन्होंने हँसते हुए कहा।

'हें-हें।' शार्दूल विक्रम सिंह ने सिर उठा कर कहा।

'कोई बात नहीं।' अनिवार्य फ़लाँ पिट्टू ने उनके बगल में बैठते हुए कहा।

तभी कुलपति ने पर्दा उठा कर पदार्पण किया। सभी लोग उठ कर खड़े हो गए। मैम ने बाँके नैनों से मुस्कुरा कर नमस्कार किया। कुलपति जी के बैठने पर सभी लोग पुनः आसीन हुए।

आप सबको मालूम तो है ही।' कुलपति ने कहा।

'हाँ सर, सबको दिखा दिया।' कुलपति के पी. ए. ने कहा।

'आपने तो एलाउ कर दिया था डॉ. पांडेय?' कुलपति ने अधिष्ठाता, छात्र-कल्याण से पूछा।

'जी सर!'

'तब?' कुलपति ने मैम की ओर आँखें उठाईं।

'यस सर?' मैम ने प्रश्नसूचक 'हाँ' कहा।

'बैठिये।' कुलपति ने उनसे कहा।

'ख़ैर...जाँच-समिति के घेरे में तो हम सभी आते हैं, 'कुलपति ने आँखों से मैम को उँगली दिखाई, 'लेकिन ख़ास तौर से आप। और वह लड़की भी। लेकिन प्रतिवादिनी तो आप ही हैं। और डॉ. शार्दूल विक्रम सिंह, वे नहीं आए?"

'हूँ सर!' शार्दूल विक्रम सिंह ने उठ कर जुहार की।

'बैठिये।' कुलपति ने उन्हें भर-नज़र देखा।

थोड़े रसिया हैं सर!' अनिवार्य फलाँ पिट्ठू ने मुँह में पान भरे हुए कहा।

इस पर कोई हँसा नहीं। प्रतिकुलपति ने अनिवार्य फ़लाँ पिट्टू को घूरा। यह आदमी इतना अनिवार्य है कि किसी से नहीं डरता।

'जाँच-समितियों का गठन होना है—आज और अभी। और हफ़्ते भर में दोनों जाँच समितियों का जाँच-कार्य पूरा हो जाना चाहिए और अगले इतवार तक रिपोर्ट और कार्यवाही। महामहिम का दौरा कब है?' कुलपति ने पूछा।

'उन्तीस को सर!' प्रतिकुलपति ने कहा।

'दो जाँच-समिति क्यों सर?' अनिवार्य फ़लाँ पिट्ठू ने जिज्ञासा की।

'वादिनी और प्रतिवादिनी, दोनों महिलाएँ हैं। एक पुरुष भी प्रतिवादी है लेकिन वह अल्पमत में है।' कुलपति ने शार्दूल विक्रम सिंह की तरफ़ देखा, 'और आपकी यूनिवर्सिटी में एक 'महिला सलाहकार समिति' भी तो है।'

अनिवार्य फ़लाँ पिट्टू ने जाँच-समिति, नम्बर एक के सदस्यों के नाम सुझाये। उनमें एक दलित प्राध्यापक का नाम भी था।

'उनका नाम क्यों?' प्रतिकुलपति ने भौं सिकोड़ी।

'क्योंकि एक दलित लड़की का मामला है, जाँच रिपोर्ट विश्वसनीय होनी चाहिए।' अनिवार्य फ़लाँ पिट्टू ने जवाब दिया।

'दैट्स ए गुड सज्जेशन।' कुलपति ने ख़ुश होकर कहा।

'लेकिन सर!' प्रतिकुलपति मिनमिनाये।

'वे कोई अड़ंगा नहीं लगाएँगे।' अनिवार्य फ़लाँ पिट्टू ने मुँह में पान घुलाते हुए कहा।

'श्योर?' प्रतिकुलपति ने पूछा।

'उनकी प्रोफ़ेसरशिप कार्य परिषद में फँसी है।' पिट्टू ने आँखें बन्द किए-किए कहा।

'ओ. के. प्रो. त्रिपाठी, 'कुलपति ने पी.ए. की ओर देखा जो पीछे खड़ा 'पत्र बनाओ। मिसेज़ सिंह को लेकर चार नाम और प्रो. त्रिपाठी ऐज़ चेयरमैन।'

‘पंज प्यारों में से एक।’ अनिवार्य फ़लाँ पिट्ठू ने उठ कर शुक्रिया कहा।

‘और ‘महिला सहालकार समिति’ की तरफ़ से पूर्व अधीक्षिका और पूर्व संरक्षिका, वर्तमान संरक्षिका और ‘अपना दामन बचाओ’ संस्था की अध्यक्षा कुमारी नंदिता तिवारी और कोई एक दलित महिला। क्या कोई है?’ कुलपति ने पूछा।

‘बाहड़ की, बाहड़ की।’ अनिवार्य फ़लाँ पिट्ठू ने सलाह दी।

‘कौन?’

‘गाँधी जी की चेली हैं। स्मृति विभ्रम भी है लेकिन दस्तख़त करने आ जाएँगी। मैं...मैं ले आऊँगा।’ अनिवार्य फ़लाँ पिट्ठू ने अँगूठे से अपनी छाती की ओर इशारा किया।

‘ओ. के.।’ कुलपति ने हामी भरी।

मैम ने बड़ी अदा से उठ कर थैंक्यू कहा।

[12]

‘हमारे पास और भी रास्ते हैं’ के सारे रास्तों को प्रतिवेदन भेज कर बड़ी बहन गोपेश्वर लौट गई। तदर्थ को छुट्टी कहाँ मिलती है? और कॉलेज का मैनेजर स्थगन आदेश से वैसे ही चिढ़ा हुआ था। बड़ी धोती वाला था और यह सोच कर बुलाये था कि लड़की तिगिड़ बिगिड़ नहीं करेगी। सारे पहाड़ी उसकी दादी की बुआ की पतोहू के धेवते के भतीजे हुआ करते थे। अत: बड़ी धोती वाले ने एक लम्बी छलाँग मारी और ऐसी चुन कर लाया जिसकी जड़-पातर पहाड़ में न हो। फिर उससे पूरी तनखा पर दस्तख़त ले कर चौथाई भी दो और दूसरे-तीसरे महीने भी दो तो कोई धेवता भुनभुन करने नहीं आएगा। और पूरी दो ही क्यों? कितनी ख़ुराक होगी उसकी? और वह भी जब प्लास्टिक की बाल्टी के ढकने का चकला और ख़ाली बोतल की बेलन से ही काम चलाती हो? एक बार बड़ी बहन ने पूरी तनख़ा माँगी तो बड़ी धोती वाले ने कहा कि ‘तुझसे अच्छी-अच्छी यहाँ चकला चढ़ जाती हैं और तू पूरा पैसा माँगती है? तेरे बाप की दमे की जिम्मेवारी मेरी है? यहाँ तो आधा पहाड़ दमे का शिकार है। अगले महीने से तेरी छुट्टी।‘ इस पर बड़ी बहन हाईकोर्ट से स्थगन आदेश ले आयी तो बड़ी धोती वाला ठक् हो गया। ‘कोई डर नहीं कि किसी दिन घाटी में लुढ़का दी जाएगी, तिब्बती कोट फुला के घूमती है—‘बड़ी धोती वाले ने दूसरे अध्यापकों से कहा। बड़ी बहन ने चलते-चलते ये बातें हँस-हँस कर मनोज को बताईं। लड़की

से कहा कि 'सब कुछ इतना आसान नहीं है। डरो मत। ये हाइ-फ़ाइ लोग भीतर से डरपोक और कायर होते हैं। दाँव पर चढ़े कि भाग खड़े होंगे। कोई रचना रचेंगे ज़रूर, लेकिन उसकी भी तो काट होगी। हमारा खेल खुला है, और अब देखते हैं कि कानून के मसीहा हमारा साथ कैसे नहीं देते!'

'वो तो ठीक है दीदी...!' लड़की की आँखों में फिर भी एक डरी हुई उदासी थी।

'जवाब तो आने दो।' बड़ी बहन ने कहा।

'जाँच प्रक्रिया के वक्त तो तुम रहोगी नहीं?' मनोज ने पूछा।

'इतनी जल्दी कहाँ कुछ होता है मनोज!' बड़ी बहन गाड़ी की खिड़की से हँसी।

'और अगर हुआ तो?' लड़की ने अपना होंठ दाँतों में दबाया।

'तो वही कहना जो प्रतिवेदन में लिखा है। डिगना मत और डरना मत।' बड़ी बहन ने कहा।

[13]

दूसरे दिन अख़बारों के कोनों अंतरों में दबी एक छोटी-सी ख़बर थी। अख़बार वालों ने माननीय कुलपति और माननीया अधीक्षिका से अपने 'रिश्तों' के आधार पर ख़बर 'बनाई थी। किसी अख़बार में विस्तृत रपट नहीं थी। किसी भी अख़बार में बतौर शीर्षक 'दलित छात्रा का उत्पीड़न या उत्पीड़न की कोशिश' नहीं टँका था। शीर्षक था 'जाँच समिति का गठन।' होगी कोई जाँच समिति। हजारों जाँच समितियाँ रोज़ बनती रहती हैं। कोई भी हादसा हो, एक जाँच समिति बैठा दो और निश्चिन्त हो जाओ। कौन पढ़ता है, कोने में छिपी या छपी इस ख़बर को? खाये-पीये, धुपाये बूढ़े या ढाबों पर बैठे, चाय की चुस्की का इंतज़ार करते निःसंग बैठकबाज़। इन दोनों की प्रतिक्रिया होगी-शून्य। या अधिक से अधिक एक बूढ़ा सुबह टहलते हुए, किसी दूसरे बूढ़े से कहेगा, देखिये साहब, कैसा ज़माना आ गया है!' लेकिन यूनिवर्सिटी के कीड़ों ने इसे रच-रच के चाटा। दिन चढ़ते-न चढ़ते हवा में नरम-गरम अफ़वाहों की गन्धकी गन्ध थी। अनिवार्य फ़लाँ पिट्टू को कुछ लोगों ने रास्ते में रोक कर पूछा तो वे पान घुलाते हुए लगातार महिला छात्रावास की ओर उँगली उठाये हुए 'ऊँ-ऊँ' करते रहे।

'मैम?' कोई पूछता।

'उँहूँ' उँ-उँ!' अनिवार्य फ़लाँ पिट्टू फिर उधर ही उँगली से इशारा करते। 'डॉ0 शार्दूल विक्रम?' पूछने वाला बोलता।

'ऊँ-ऊँ-ऊँ!' अनिवार्य फ़लाँ पिट्टू कई 'ऊँ' मिलाकर सिर ऊपर-नीचे हिलाते, यानी 'हाँआँआँ।'

'क्या किया?"

'उँ...ऊँ-ऊँ।' अनिवार्य फ़लाँ पिट्टू गूँगे के गुड़ की भाँति छोटी 'उँ' से लड़की की ओर इशारा करते और बड़ी 'ऊँ-ऊँ' से शार्दूल विक्रम के चौड़े सीने की ओर।

'तब तो मामला गहरा गया।' पूछने वाला टिप्पणी करता।

'ऊँ-ऊँ-ऊँ!' अनिवार्य फ़लाँ पिट्टू की आँखें अद्भुत चमक मारतीं। वे अपने विभाग की ओर इशारा करते हुए आगे बढ़ जाते।

[14]

लेकिन हॉस्टल में हंगामा था। मैत्रेयी ने अपनी शब्दावली में पूरी गरिमा लाते हुए कहा कि 'सुखंडी ने पहलवान को जी. एम. डी. कर दिया। हो सकता है, हो सकता है। क्यों नहीं हो सकता? जो साला नज़र नहीं उठाता, उसकी नज़र 'वहीं' लगी रहती है। अरे, दमख़म है तो 'साइँओं' को सलाम क्यों बजाता है? लेकिन नाक भी बोरी तो कहाँ—कड़ तेल की कटोरी में।' मैत्रेयी एकाएक कुछ सोचती हुई भड़क गई। उसने कहा कि 'इस कलूटी को अब एक दिन भी नहीं रहने देना है। और सुना तुम लोगों ने, पैंसठ चिपकी हुई लड़कियों का नाम संलग्नक में है और उसमें से तेरह को गवाह बदे है। कौन हैं ये तेरह हरामज़ादियाँ? संडास की तरफ़ वाली कितनी अवैध हैं और अपनी तरफ़ कितनी? और यह सूची उसे किसने मुहैया की? जनरल सेक्रेटरी मैत्रेयी मिश्रा और सूची सुखंडी के हाथ लग गई! अब तो वह क्लर्क भी नहीं, मास्टर ही सारा हिसाब-किताब देखता है। तो मास्टर जब कठघरे में है तो वह सूची क्यों पकड़ायेगा? तब कौन है भितरघातिनी? किसने मनोज पांडेय को सूची उपलब्ध कराई? किसे अपना चूरा बनवाना है? और मैम को भी टाइट करना पड़ेगा। सामाजिक वहिष्कार का कॉल दें और आज ही रात दें। चलो जी, अभी, इसी वक्त।' मैत्रेयी और उसकी तीनों गुंडियाँ हॉस्टल से निकलीं और कूदती-फाँदती अधीक्षिका निवास में दाखिल हुईं। चारों बँगले के पीछे वाले लॉन से घुसीं, जिधर झूला था। मैत्रेयी ने झूले को एक बार हाथ से झटका दिया और आगे बढ़ गई। उसकी देखादेखी तीनों गुंडियों ने भी झूले को हिलाया। वे गलियारे से सीधे किचेन में घुसीं तो खानसामिन हड़बड़ा गई।

'क्या बन रहा है?' मैत्रेयी ने चूल्हे की ओर देखा।

खानसामिन कुछ तलती हुई मुस्कुराई।

'माल चाभ रहे हैं दोनों।' मैत्रेयी ने ठेठ बिहारी लहज़े में कहा।

तभी माई किचेन में आयी और उन चारों को देख कर सहम गई।

'कहाँ हैं?' मैत्रेयी ने पूछा।

'उधरे।' माई ने इशारा किया।

चारों गलियारे से होती हुई डाइनिंग रूम में घुसीं। मैम और सर उस वक्त नाश्ता कर रहे थे। शार्दूल विक्रम सिंह काँटे में आलू-चॉप का टुकड़ा फँसा रहे थे। उन्होंने उलट कर तेज़ नज़रों से देखा। मैम का मुँह भरा था और होंठ सुबह-सुबह लिपस्टिक से रँगे हुए थे। दोनों ने अपनी घबराहट छिपाने की कोशिश की।

'नहीं फँस रहा है सर?' मैत्रेयी ने कॉमरेड के काँटे की स्टाइल देखी।

शार्दूल विक्रम सिंह ने उलट कर दुबारा घूरा। तब तक मैम का भरा हुआ मुँह ख़ाली हो चुका था। वे मुस्कुराईं और खाली कुर्सियों पर बैठने का इशारा किया। कॉमरेड ने प्लेट छोड़ दी और वाश बेसिन पर मुँह धोने लगे। मैम ने भी पति का अनुगमन किया। फिर सभी लोग ड्राइंग रूम में आ कर बैठ गए।

'आपने बताया नहीं मैम!' मैत्रेयी बोली।

'हें-हें।' शार्दूल विक्रम सिंह का सिर वैसे ही नीचे था।

'वो...हाँ।' मैम बोलीं।

'जाँच-कमेटियाँ भी बैठ गईं। इतना बड़ा काण्ड हो गया। आपसे पहले भी मैंने कहा था। आपने मुझे रोके रखा, नहीं अब तक उसका सामान भल्ला-चौराहे पर होता। पूरे प्रशासन को फाँस दिया साली ने और कमरे में चैन से बैठी है! सुबह की लाइन में आज सबसे आगे घुसी। ये क्या तमाशा है? अवैध भी रहेगी और आँखें भी दिखायेगी। सामाजिक वहिष्कार का कॉल दीजिए मैम! शाम को कॉमन रूम में जनरल-हाउस। और वो लिस्ट मुझे चाहिए, जो बकरियाँ मिमियाने को आतुर हैं। और नहीं, बोलिए, अभी उठाकर लाइब्रेरी वाली गली में फेंक दूँ ऊपर से।' मैत्रेयी का मुटल्ला चेहरा लाल हो रहा था।

मैम ने अपने पति की तरफ़ देखा जो अपनी प्यारी पत्नी को एकटक निहार रहे थे। यानी काम तो आसान होता दिख रहा है। गवाही देने वालियों की सूची दे दी जाए। जाँच समितियों के आगे एक की जगह चौदह लड़कियाँ। यानी कमरे के बाहर लॉन में लाइन। फिर और भी बकरियाँ देखा-देखी मिमियाने को आतुर सकती हैं। एक

तमाशा! और अगर किसी बकरी ने किसी लँहकट छात्र नेता को फ़ोन कर दिया? और कोई क्यों, वही जिसने प्रतिवेदन किया है, जिसने महामहिम से न्याय की दुहाई दी है, वही फ़ोन कर दे? और किसी को क्यों, मनोज पांडेय से बड़ा लँहकट कौन है? लेकिन लिस्ट देने में भी ख़तरा है। लिस्ट पाते ही मैत्रेयी कुछ भी कर सकती है। तब बात बिगड़ भी सकती है। ऐसी स्थिति में गवाहान को 'अपने अस्तर से' दबा देना है—शार्दूल विक्रम सिंह ने सिद्धार्थनगर के चालू मुहावरे का सुमिरन किया।

'प्रतिवेदन की प्रति हमें तो अभी मिली नहीं।' शार्दूल विक्रम सिंह ने परस्त्री यानी मैत्रेयी से आँखें मिलाईं।

'हम तो प्रतिवादी हैं।' मैम ने कहा।

मैत्रेयी दोनों को बारी-बारी से घूरती रही।

'सामाजिक वहिष्कार का कॉल दे रहीं हैं या नहीं आप, मैं जनरल सेक्रेटरी की हैसियत से पूछती हूँ?' मैत्रेयी ने कहा।

'तब बाहर यह संदेश जाएगा कि हम सचमुच एक दलित लड़की का उत्पीड़न कर रहे हैं।' शार्दूल विक्रम सिंह ने कहा।

'हाँ, ये हो सकता है।' मैम ने हामी भरी।

मैत्रेयी जब फनफनाती है तो दाँएँ-बाँएँ देखने लगती है। सारा हॉस्टल जानता है और मैम भी जानती हैं कि वह एक विस्फोटक क्षण होता है। उसके बाद मैत्रेयी किसी भी हद तक जा सकती है। गालियों की बरसती फुहार, या तड़ातड़ मारपीट, फेंकाफाँक या आवाज़ और बातों में धमकी की धमक। और वही हुआ।

'देखो मैत्रेयी!' मैम के मुँह से समझाने के लहज़े में निकला।

'चुप्,' मैत्रेयी फट पड़ी, 'तुमसे कहा था मैंने, अपना धन्धा जरा आस्ते-आस्ते। धंधे की वजह से हुआ यह। आसान समझे बैठीं थीं उस लड़की को? खटकिन है तो साग-भाजी की तरह बिक जाएगी? नहीं बिकी तो बधोगी? चाहूँ तो तुम्हारा नक्शा उलट दूँ—अभी, इसी वक्त। ये जो कठौता अस चूतड़ लिए बैठी हो, तो नहीं कोई हाथ फेरने वाला अब—समझीं।' इस वाक्य को सुनते ही शार्दूल विक्रम सिंह वहाँ से उठे और जाने लगे। 'ए मास्टर', मैत्रेयी ने उँगली से इशारा किया और उधर को बढ़ी, 'क्या समझता है तू अपने को? एँ? फिलॉसफ़र? लेक्चरार? तीसमार खाँ? तुत्तन ख़ाँ का बाप मुत्तन ख़ाँ? क्या है तू? साले, हॉस्टल के जेनेरेटर के लिए एक दिन में तीन सौ रूपये के डीज़ल का फ़र्जी वाउचर बनाता है; दिन भर हिसाब की हेराफेरी करता है; पैसा बटोरते ही दोनों मिल कर और आदर्शवादी गधे-गधी की तरह रेंकते हो, क्या हो तुम लोग? हमारा हिसाब उस खटकिन से दूसरा है। समझ लो कि

अगर सोशल बॉयकॉट की नोटिस नहीं घूमी और प्रतिवेदन की कॉपी शाम तक नहीं मिली तो तुम दोनों का पत्ता साफ़। यहाँ एम. एम. की मर्ज़ी चलती है, बाइओं और भड़वों की नहीं।' मैत्रेयी अपनी गुंडियों के साथ तड़तड़ाती हुई बाहर निकल गई।

[15]

लड़की ने अपनी बड़ी बहन के बिना ही निर्णय लिया। बड़ी बहन कब तक गोपेश्वर से दौड़ कर यहाँ आती रहेगी। जाँच-कमेटियों के गठन की ख़बर मिलते ही वह अधिष्ठाता, छात्र-कल्याण के दफ्तर पहुँची। उसने जाँच कमेटी के सदस्यों की सूची माँगी। डीन साहब ने उसे देखते ही मेज़ में लगी घंटी बजाई। क्लर्क आया तो उन्होंने दोनों जाँच कमेटियों के सदस्यों की सूची लड़की को देने के लिए कहा। क्लर्क ने डीन साहब की ओर देखा तो उन्होंने कहा—'हाँ-हाँ, दे दो।' दोनों लड़की के साहस पर हैरान थे। मैम तो कह रही थीं कि 'सब कुछ बड़ी बहन और मनोज पांडेय करते हैं, और वे भी क्या, सब कुछ तो तीरथ में बैठा हुआ वह लंठ गुरू जी करवा रहा है। वह दोनों का गुरू है, कॉमरेड शार्दूल विक्रम सिंह और कॉमरेड मनोज पांडेय का भी। यूनिवर्सिटी से निकल गया। लेकिन टाँग अड़ाने से बाज़ नहीं आता।' इस पर डीन साहब हँसे और कहा कि 'देखिये मैम, आप फिर उस दिन वाले मुहावरे का प्रयोग कर रही हैं।' इस पर दोनों खुल कर हँसे। डीन साहब ने कहा कि 'तब अपने साहब से क्यों नहीं कहतीं कि अपने गुरू जी से कह कर सुलह-सपाटा करा दें?'

'यानी हम लोग एक पिद्दी सी लड़की से हार जाँय? 'मैम बिफर गईं। 'नहीं, मत हारिये।' डीन साहब ने फ़ोन रख दिया।

लड़की लिस्ट लेकर मनोज के पास पहुँची और उन्होंने तुरंत दूसरा प्रतिवेदन बना कर महामहिम को फ़ैक्स किया। जाँच-कमेटी से अधीक्षिका यानी मैम को हटाया जाए। जब वह खुद जाँच-कमेटी के घेरे में हैं तो जाँच समिति की सदस्य की हैसियत से कैसे बैठ सकती हैं? जो कठघरे में है, वही न्याय की कुर्सी पर भी बैठेगा? क्या आत्मालोचन करने के लिए या गांधियन हृदय परिवर्तन के लिए? तब तो सभी निर्णय गैरकानूनी हो जाएँगे। ऐसे हालात में मुझे न्याय कैसे मिल सकता है? एक और फ़ैक्स उन्होंने अनुसूचित जाति-जनजाति आयोग को किया। फ़ैक्स के बाद उनकी प्रतिलिपियाँ

उन्होंने कुलपति, डीन, छात्र-कल्याण और कुलानुशासक को हस्तगत कराईं। डीन ने फिर वह खर्रा देखा तो अकेले में हँसे। उन्होंने गुरू जी को फ़ोन मिलाया।

'आपने जबर्जस्त भेड़े तैयार किए हैं सर!' डीन, छात्र कल्याण ने कहा।

'भेड़े?' गुरू जी नि:संदर्भ थे।

'खूब डबे-डेबे हो रहा है—और फिर धड़। भिड़न्त की गूँज राजभवन तक चली गई है और कुलपति यानी आपके शब्दों में डॉ. शोध और सायटिका की नींद हराम है। कल दो जाँच-कमेटियों का गठन हुआ। चार दिन में रिपोर्ट चाहिए। उन्तीस को महामहिम खुद अपने कर-कमलों से रिपोर्ट की कापी ग्रहण करेंगे और फ़ैसला वहीं तत्काल डॉ. शोध और सायटिका के चैम्बर में होगा। कुलानुशासक यानी आपके शब्दों में जो कुल का नाश करे, कुलानुनाशक के अनुसार शोध और सायटिका के चैम्बर के नीचे सिंहासन बतीसी गड़ी है, जिस पर बैठ कर महामहिम उन्तीस को दलित एजेंडा का झंडा फहराएँगे। फटी हुई है सबकी सर! आपका वह मनोज पांडे आया था। अब उसने जाँच कमेटियों पर ही प्रश्न-चिन्ह लगा दिया। आज दूसरा खर्रा रवाना किया है। महामहिम जब दोपहर की नींद से उठेंगे तो देखें, लौटते हुए फ़ैक्स में क्या विपत्ति आती है।' डीन, छात्र-कल्याण बीच-बीच में हँस रहे थे।

'लेकिन मुझसे क्या मतलब?' गुरू जी ने परम सादालौही से कहा। 'अरे गुरुदेव! 'डीन साहब ठठा कर हँसे।

'मैं तो यूनिवर्सिटी की ओर झाँकता भी नहीं।' गुरू जी ने कहा।

'झाँकते तो नहीं लेकिन बैठे-बैठे टाँग तो अड़ाते हैं।' डीन साहब हँसते रहे।

'टाँग अड़ाता हूँ?'

'अब बूढ़े हो गए हैं सर, अब तो छोड़ दीजिए।'

इस बार गुरू जी हँसे।

'पूरी यूनिवर्सिटी कहती है—वहीं से हिलाता है। सबकी टाँग एक तरफ़, उसकी अकेले।'

'पांडेय जीई।' गुरू जी बोले।

'सुलह करा दीजिए सर, दोनों में।' डीन साहब ने कहा।

'सुलह!' गुरू जी अचंभित हुए।

'ऐसे अज्ञानी मत बनिये सर! लड़की तो बहाना है, खेल तो आप ही ने रचा है। लेकिन आपके जो पहलवान हैं, इस खेल में उनकी नौकरी भी जा सकती है।

मनोज पाँड़े तो पर्दे के पीछे है। और एक बाँभन लड़के का एक खटकिन बाला में रुचि लेना ठीक नहीं है सर! कलंक फिर आप ही को लगेगा।' डीन साहब ने कहा।

'देखिये डॉ. पांडेय, इस समस्या का इतने हीन स्तर पर कपड़छान मत कीजिए।' गुरू जी गम्भीर हुए।

'आपका शिष्य हूँ सर, तह तक मैं भी जाता हूँ।' डीन ने कहा।

'यह सिद्धान्त की बात है। सारे प्रदेश में हम दलित रैलियाँ निकालेंगे और जब एक दलित लड़की का मामला आएगा तो उसमें टाँग अड़ाना हो गया?' गुरू जी बोले।

उन रैलियों में तो आपके पहलवान भी जाते हैं।'

'यही तो अन्तर्विरोध है।' गुरू जी बोले।

'इसी अन्तर्विरोध में आपका शार्दूल, सियार बन सकता है सर!'

गुरू जी चुप रहे।

'मैं उन्हें बोलूँ सर?' डीन ने कहा।

'नहीं, वे आएँगे।' गुरू जी ने 'आएँगे' पर जोर देकर कहा और फ़ोन रख दिया।

[16]

ज्ञापन फ़ैक्स करने के बाद मनोज ने लड़की को नन्हें लाल खटिक से मिलने का सुझाव दिया। वह तीन बार एम. एल. ए. और एक बार आबकारी मंत्री रह चुका है। इतना प्रभावी नेता था। इधर उसका प्रताप थोड़ा कम हुआ है, लेकिन जमने के तिकड़म में लगा है। इस सुझाव में परोक्ष रूप से यह बात निहित थी कि तुम्हारी जाति का है। और जब इस तरह की स्थितियाँ राजनीति में हैं तो उसे निश्चित रूप से इस मामले में रुचि लेना चाहिए। उसने तेज़ाब वाले मामले पर अख़बारों में इतना लम्बा-चौड़ा, तेज़-तर्रार वक्तव्य दिया है। फ़लाँ अख़बार का ब्यूरो-प्रभारी बता रहा था कि अपने वक्तव्य की प्रतियाँ लेकर वह खुद अख़बारों के दफ़्तर दौड़ा था। उसके लिए एक सुनहरा अवसर भी है और पूरे मामले में नैतिक ललकार के लिए जगह भी है। जब उसे पता चलेगा कि स्वयं महामहिम इसमें रुचि ले रहे हैं तो वह हड़हड़ाकर कूद भी सकता है। अब यह मामला यूनिवर्सिटी और एक छात्रा के बीच नहीं रह गया है। इसको व्यापक राजनैतिक कलर देना वक्त की फ़ौरी ज़रूरत है। महामहिम के उत्साह का भरोसा मत करो, क्योंकि कुल मिला कर वे संघ के कॉडर से आते हैं और संघ अपनी बुनियाद कतई नहीं छोड़ेगा। यानी महामहिम दलित एजेंडे को अधिक से अधिक संघ और सत्ता के लिए भुना भर सकते हैं, लेकिन मामले का रुख़ अगर दलित बनाम सवर्ण पर आएगा तो उनकी धोती ढीली हो जाएगी। वे

हमारे ज्ञापन को कूड़े की टोकरी में डाल देंगे। अत: उन पर दबाव बनाने के लिए नन्हें लाल काम का आदमी साबित हो सकता है।—मनोज रिक्शे पर लड़की को यही सब समझाता चला जा रहा था।

वे भीड़-भरे इलाकों से होते हुए काफ़ी दूर वहाँ पहुँचे जहाँ से शहर लगभग ख़त्म होता था। वह जगह सड़क और रेलवे लाइन के बीच में थी। उन्होंने किसी से पूर्व विधान-सभा सदस्य और पूर्व आबकारी मंत्री श्री नन्हें लाल खटिक जी का घर पूछा। उसने जो बताया वह रेलवे लाइन और सड़क के बीच एक बहुत बड़ा हाता था जिसमें एक उल्टा-सीधा, ऊँचा मकान हाते की चारदीवारी के ऊपर उठा हुआ, चुभते हुए चटख रंगों में रँगा-पुता दिख रहा था। वे रिक्शा हाते के फाटक तक ले गए और उससे कहा कि यहीं कहीं दाँएँ-बाँएँ इंतज़ार करे। उन्होंने हाते का शटर कई बार भड़भड़ाया। तब किसी आदमी ने आधा उठाया और झाँका। उन्होंने पूर्व मंत्री जी से मिलने की इच्छा प्रकट की तो उस आदमी ने कहा कि झुक कर घुस आओ। वे झुक कर घुसे और अन्दर आ कर खड़े हो गए। उस आदमी ने शटर गिराया, ताला लगाया और उन दोनों के आगे हो लिया। ऑफ़िस में आ कर उसने बताया तो एक आदमी ने ऊपर फ़ोन किया। आदेश होते ही उसने आँखों के इशारे से दोनों को अन्दर ले जाने के लिए कहा।

निचले तल्ले के कई बड़े-बड़े, टेढ़े-मेढ़े कमरों को लाँघते हुए वे एक अँधेरे गलियारे से होकर ऊपर जाने वाले ज़ीने तक पहुँचे। नीचे वाले सभी कमरों के पूरे विस्तार में प्याज बिछी थी। यानी वाल टू वाल प्याज-कॉरपेट। ले जाने वाला आदमी बराबर उन दोनों को सावधान करता, 'बच के, सँभल के।' और वाक़ई, वे लगभग इक्कट-दुक्कट खेलते हुए जीने तक पहुँचे थे। जीना चढ़ कर फिर दो कमरे वैसे ही प्याज-सुवासित मिले और फिर उन्हें बच-बच के जाना पड़ा। मनोज ने सोचा कि कैसी वास्तुकला है इस घर की, जिसमें पूर्व आबकारी मंत्री और फलों सब्ज़ियों के इस थोक व्यापारी तक प्याज से भरी कोठरियाँ लाँघते हुए पहुँचना पड़ता है? क्या कोई और रास्ता नहीं है? तभी उस आदमी ने एक कमरे के पर्दे की ओर इशारा किया। मनोज ने पर्दा हटाया और दोनों अन्दर दाखिल हुए।

नन्हें लाल खटिक ज़मीन पर बिछे कालीन पर ही दीवार की टेक लगाये बैठा था।

उसके पैर सीधे फैले हुए थे और कुर्ते के ऊपर हँडिया-जैसा पेट झलक मार रहा था। बगल में एक डलिया में अखरोट रखे थे और उसके दाहिने हाथ में एक लोढ़ा था। दीवार और कालीन के बीच वाले ख़ाली फ़र्श पर वह बार-बार लोढ़े से अखरोट तोड़ता और अखरोट निकाल कर मुँह में लोका देता। वहाँ ढेर सारा अखरोट का छिलका पड़ा हुआ था, जिससे लगता था वह काफ़ी देर से अखरोट खा रहा है। उसकी एक आँख दबी हुई थी। उसी दबी आँख से उसने इन दोनों का जायज़ा लिया।

'प्याज की गाँठों पर तो पैर नहीं रखा।' नन्हें लाल खटिक ने

'नहीं मंत्री जी!' मनोज ने कहा।

'हूँऊँ।' नन्हें लाल ने एक अखरोट पर लोढ़ा मारा।

लड़की और मनोज उसे चुपचाप देखते रहे।

'सभी लोग बँगले में फूल-पत्ती उगाता है, हमने हाते के दस बीघे में प्याज की खेती की।' नन्हें लाल बोला।

'अच्छा है सर!' मनोज ने कहा।

'अच्छा क्या है, चापलूसी नहीं सुहाती मुझे।' नन्हें लाल ने अपनी दबी आँख उठाई।

दोनों फिर चुप।

'कोल्ड स्टोरेज का मालिक ज्यादा पैसा माँगता है। तो हमने कहा, हमारा बँगला किस कोल्ड स्टोरेज से कम है! फैला दिया सारे बँगले में। खाओ, जितनी हवा खानी हो।' नन्हें लाल खटिक आधे टूटे अखरोट को उँगलियों से तोड़ रहा था।

'हाते में एक कोल्ड स्टोरेज क्यों नहीं बनवा लेते सर?' मनोज ने कहा।

'सलाह अच्छी देता है तू, लेकिन बिजली कौन देगा?"

'ये बात तो है सर!'

'जब पूरी बात नहीं जानता तो सलाह मत दिया कर।' मनोज ने आँखों से जैसे सॉरी कहा।

'और इसमें एक खाँटी गमक भी तो है। हमने नौकर से बोल रखा है कि तुम लोगों जैसे ख़ुशबूदार लोग आएँ तो लँघाते हुए ले आओ सालों को! और एक भी गाँठ कचरें तो भगा दो वहीं से।' नन्हें लाल हँसा।

मनोज इस पर कुछ नहीं बोला।

'काम किसका है?' नन्हें लाल खटिक ने एकाएक पूछा।

'मेरा।' लड़की ने अपनी ओर इशारा किया।

'तो तुम बाहर जाओ।' नन्हें लाल ने अपनी दबी आँख से मनोज को देखा।

‘क्यों?’ लड़की ने तल्खी से कहा!

‘क्योंकि यह बेकार है, तब से ‘हाँ सर, हाँ सर’ लगाये है।’

मनोज बाहर चला गया।

नन्हें लाल ने धड़-से एक अखरोट पर लोढ़ा मारा। अखरोट छिटक कर दूर जा गिरा। नन्हें लाल ने लड़की को इशारा किया कि वह अखरोट उठा कर ले आए। लड़की ने अखरोट उठा कर नन्हें लाल को दिया तो नन्हें लाल की नज़र उसके झुके हुए सुडौल वक्ष की ओर गई। अखरोट पकड़ा कर लड़की थोड़ी दूर जा कर खड़ी हो गई। मनोज अब कमरे के बाहर सहन में टहल रहा था। ‘क्या काम है?’ नन्हें लाल ने लोढे की धमक के बीच में कहा।

लड़की ने प्रतिवेदनों की एक फ़ाइल पकड़ाई।

‘इतना कौन पढ़ेगा, मुँहज़बानी बताओ।’ नन्हें लाल बोला।

लड़की ने संक्षेप में बताया। यह भी बताया कि वह उसी की जाति की है।

‘उससे क्या होता है!’ नन्हें लाल ने ऊँचाई से कहा!.

‘आपने तेज़ाब वाले मामले पर पहल की है।’ लड़की ने कहा।

नन्हें लाल ने अपनी दबी आँख उठायो।

‘महामहिम ने कुलपति को कसा है, जाँच होने जा रही है।’ लड़की ने कहा।

‘बहुत बोलना आ गया है तुम्हें!’ नन्हें लाल ने कहा।

लड़की चुपचाप खड़ी रही।

‘महामहिम, महामहिम होता है, कुछ भी ऑडर दे सकता है। हम बार-बार दलित-दलित चिल्लाएँगे तो निकाल देंगे। उसी पार्टी में हम हैं।’ नन्हें लाल ने जैसे पूरी ईमानदारी से कहा!

‘यानी कि आप डरते हैं।’ लड़की ने कहा।

‘अच्छा?...अच्छा,’ नन्हें लाल मुस्कुराया, ‘तुम्हें डर नहीं लगता?’ उसने कहा।

‘लगता है।’ लड़की ने कहा।

‘तो डरो। डर कर रहो इस समाज में। इतनी धौंस से मत रहो, स्वाहा हो जाओगी—समझीं।’ नन्हें लाल ने फिर लोढ़े से प्रहार किया।

‘क्या कहते हैं, मेरी कुछ मदद करेंगे?’ लड़की ने पूछा।

‘तो तुम चाहती हो कि हॉस्टल में जो फल और सब्ज़ी का ठेका है मेरा, उसे एक छोकरी के लिए छोड़ दूँ मैं? मेरा बचा खुचा धन्धा-पानी बन्द हो जाए...क्यों?

और किसलिए? मेरा क्या फ़ायदा होगा? आदमी कोई चीज़ तब गँवाता है, जब उससे बड़ी चीज़ हासिल हो। और इनकी पार्टी में रह कर मैं जातिवादी राजनीति करूँ? कर सकता हूँ क्या?' नन्हें लाल खटिक नीची नज़रें किए अखरोट के बीजे निकाल रहा था।

'तो आप किसलिए हैं वहाँ?' लड़की ने कहा।

'दलाली के लिए और अपनी चमड़ी बचाने के लिए,' नन्हें लाल ने बेखटके कहा, 'लेकिन कौन है तू? हमसे भीख भी माँगेगी और हमीं को हुरपेटेगी भी। इतनी हिम्मत तुझे किसने दी? मायावती बनना चाहती है तू, और यूनिवर्सिटी के पंडों के बीच में?' नन्हें लाल के कथन में किंचित वात्सल्य था।

लड़की चुप।

'ये लवंडा कौन है? नन्हें लाल ने फिर अपनी दबी आँख उठाई। 'लड़का है।' लड़की ने कहा।

'फँसी है क्या उससे?' नन्हें लाल खटिक ने कहा।

नन्हें लाल खटिक शायद कुछ और कहना चाहता था लेकिन लड़की पलटी, उसने पर्दा हटाया और बाहर आ गई। उसने मनोज को देखा और बिना कुछ कहे, सीढ़ियाँ उतरने लगी। पीछे-पीछे मनोज भी।

[17]

इस वक्त बाहर घनी रात थी और संयोगवश तेज़ हवा और बेवक्त की हल्की बौछार। लेकिन पूरा कॉमन हॉल भरा हुआ था। एम. एम. की गुंडियों की मार्फ़त मैम का ह्विप जारी था। सारी लड़कियाँ खुदबुदाती हुई बैठी थीं। हॉस्टल में

पिछले दस वर्षों से किसी संवासिनी का सामाजिक वहिष्कार नहीं हुआ था। अत: अधिकांश लड़कियाँ, सामाजिक वहिष्कार क्या होता है, इससे परिचित नहीं थी। एक ऊँचे तखत पर लगी हुई कुर्सियों पर मैम और हॉस्टल की खूँखार शेरनी एम. एम. बैठी थी। उसकी गुंडियाँ बाँयीं ओर सावधान की मुद्रा में खड़ी थीं। किसी ने कहा कि हवा से खिड़कियाँ भड़भड़ा रही हैं और बहुत शोर हो रहा है। तब गुंडियों ने कुछ लड़कियों को आदेश दिया कि सारी खिड़कियाँ बन्द कर दी जाँय। हॉल में अचानक सन्नाटा छा गया। मैम ने एम. एम. को देखा, फिर शुरू किया। उन्होंने कहा—'ऐसा कोई नियम नहीं है, लेकिन ऐसी परम्परा है। और परम्परा स्वत: एक

नियम है। इसका ईजाद तब हुआ होगा, जब किसी छात्रा ने हद से बाहर जा कर नियम-कानून तोड़े होंगे, अनुशासन भंग किया होगा। तब से हमें इस मनोवैज्ञानिक छड़ी का जब-तब लाचार हो कर प्रयोग करना पड़ता है। हालाँकि हमने तीस नम्बर को बहुत समझाया बुझाया। एक दिन शाम को बुला कर प्यार से अनुशासन के तौर-तरीके समझाने की कोशिश की। लेकिन वो तो एक बिगड़ैल लड़की निकली। वह जिरह पर उतर आयी। उसने ज़बान लड़ाने की जुर्रत की और जैसा कि आप सबको मालूम है, अब वह एक घिनौने आरोप पर उतर आयी है। यह आप सबका अपमान है। मृदुला साराभाई छात्रावास का अपना इतिहास है, ख्याति है, प्रतिष्ठा है। हम इसमें धब्बा नहीं लगने देंगे। इसी जगह सामाजिक वहिष्कार की बात उठी, जिससे लड़की को पता चले कि जाति-बिरादरी, रंग-रूप ऊँच-नीच, छूआछूत—इन सबसे अलग हमारा एक निजी अन्तरंग संसार है। छात्रावास और छात्रावास के बाहर के वृहत्तर जीवन में भी स्त्रियों का यही संसार उनका अपना है। उससे कट कर वे नहीं रह सकतीं, जी नहीं सकतीं। और अगर रहने की कोशिश हुई भी, तो इस अन्तरंग समाज को चाहिए कि ऐसी संवासिनी को अलग-थलग डाल कर उसे इसका अनुभव होने के लिए बिलकुल अकेला छोड़ दे कि उसने ग़लती की, नियम-कानून भंग किए, सामाजिक मर्यादा और नैतिक नियमों का उल्लंघन किया। तभी उसे यह महसूस होगा कि हम उसके लिए कितने अनिवार्य हैं। इसी आत्म मंथन के लिए हम तीस नम्बर के खिलाफ़ सामाजिक वहिष्कार का ऐलान करते हैं। इसका मतलब? इसका मतलब आपकी जनरल सेक्रेटरी सुश्री मैत्रेयी मिश्रा अब आपको समझाएँगी।' मैम ने एम. एम. की तरफ़ मुस्कुरा कर देखा।

मैत्रेयी जीन्स और टॉप में थी। वह खड़ी हुई। बोलने के पहले उसने अपनी दाहिनी भुजा उठाई और एक उँगली निकाल कर हवा में स्थिर किया। 'इसका मतलब', उसने बोलना शुरू किया, 'क्या? सामाजिक वहिष्कार का मतलब? क्या? आज से किसी भी लड़की का तीस नम्बर से बोलना बन्द। चोरी-छुपे आधी रात को तीस नम्बर में झाँकना, खटखटाना बन्द। यूनिवर्सिटी में क्लास में, क्लास के बाहर, लव लेन में, विभागों के पिछवारे या कहीं भी, कोई लेन-देन, इशारेबाजी, फुसफुस, बन्द। लेवेटरी के लिए तीस नम्बर का लाइन में लगना बन्द। या तो वह सबसे पहले, सबके जागने के पहले या सबके बाद जाए। बाजें पर तीस नम्बर के कपड़े सूखने बन्द। ब्लॉक सर्वेंट का तीस नम्बर में झाड़ू-पोंछा बन्द। ज़ोर से ट्रांजिस्टर सुनना बन्द।

मेस में सबके साथ खाना-नाश्ता बन्द। हॉस्टल के फ़ोन से फ़ोन-कॉल बन्द। बाहर से फ़ोन आए तो सूचना देना बन्द। लड़कियों के साथ लॉन में टहलना या धूप लेना बन्द। बाहर से आए गेस्ट से मिलना बन्द। दाइयों से सामान मँगवाना बन्द। 'आंटी की शॉप' से ख़रीद-फरोख्त बन्द। उधारी बन्द। आँटी न माने तो 'आंटी की शॉप' हमेशा के लिए बन्द।—सुन लो, किसी ने ग़लती से भी इन हिदायतों का उल्लंघन किया तो उसका भी दाना-पानी बन्द।'

घोषणा के बाद मैत्रेयी जब चुप हुई तो पूरे हॉल में सन्नाटा छा गया। तब्ब सबसे पहले मैम, फिर मैत्रेयी की तीनों गुंडियों ने ताली बजानी शुरू की। अचानक पूरा हाल अन्यमनस्क और ऊबड़-खाबड़ तालियों की गड़गड़ाहट से गूँज उठा।

'तीस नम्बर को यह ख़बर लिखित रूप में कौन ले जाएगा?' मैत्रेयी ने पूछा।
'मैं।' मैत्रेयी की एक गुंडी ने हाथ उठा कर कहा।

'खिड़की से डाल देना। अन्दर नहीं जाना।'

'ओ. के.!'

'तो सोशल बॉयकॉट का कॉल अब, 'मैत्रेयी ने घड़ी देखी, 'साढ़े नौ बजे रात से शुरू होता है।' फिर लड़कियों के उठने, फुसफुसाने, बाहर निकलने का शोर था।

बाहर तेज़, सर्राटेदार हवा थी और हल्की-हल्की बारिश और अपना सिर धुनते घने, विशालकाय पेड़।

[18]

खिड़की के फाँफर से कागज़ गिरा तो लड़की ने खिड़की की ओर देखा। एक छाया तेज़ी से गुज़र गई। नन्हें लाल खटिक के यहाँ से लौटते हुए लड़की बहुत उदास थी। शुरू में उसे तेज़ गुस्सा आया। उसी गुस्से में वह रिक्शे पर बैठी और बगल में बैठते हुए मनोज को भी देखा। रास्ते भर वह कुछ नहीं बोली। उसके कानों में लोढ़े की आवाज़ धड़-धड़ बज रही थी। और वह छिटक कर गिता अखरोट, जिसे वह उठा कर लाई और नन्हें लाल खटिक को पकड़ाया। रिक्शे पर मनोज की किसी भी बात का जवाब उसने नहीं दिया। आखिर में मनोज जब उतरा तो उसने पलट कर देखा। मनोज ने हाथ हिलाया तो वह उसके उठे हुए हाथ को बस, देखती रही। हॉस्टल में घुसी तो हवा में सन्सन् थी। एक लड़की ने सीढ़ियाँ उतरते हुए फुसफुसा कर कहा, 'तुम्हारा सामाजिक वहिष्कार, आज रात से।' वह आधी सीढ़ियों पर मुड़

कर उसे देखती रही, लेकिन वह लड़की रुकी नहीं। ऊपर आ कर उसने कमरे का ताला खोला, दरवाजा भीतर से बन्द किया, फ़ाइल पटकी और बिस्तर में ढह गई। फिर न जाने कहाँ से एकाएक बादल आए। वृक्षों को खड़खड़ाती हुई तेज़ हवा और फिर हल्की-हल्की, तिरछी बूँदा बाँदी। फिर बरामदे से झुंड की झुंड लड़कियाँ धड़धड़ाती उतरतीं, कॉमन हॉल की तरफ़ जाती हुई। तभी बलॉक-सर्वेण्ट आयी और कह गई कि 'मैडम, आपको नहीं जाना है, आप कमरे पर ही रहेंगी क्योंकि आपका 'सामाजिक आविष्कार' होगा. मैम ने कहलवाया है।' लड़की ने सुना और 'वहिष्कार' का 'आविष्कार' हो जाने पर उसे बरबस हँसी आ गई। अब रात थी और झपाटेदार हवा और पेड़ों की झाँय-झाँय और अँधेरा-सन्नाटा।

लड़की बिस्तर से उठी और वह कागज़ उठाया। लेकिन उसमें एक साथ दो कागज़ नत्थी थे। एक—सामाजिक वहिष्कार की कार्यवाही का विवरण, लगाई गई बन्दिशों की सूची और गड़बड़ करने पर मिलने वाली सज़ा। और दो—दोनों जाँच-कमेटियों की बैठक की सूचना, स्थान और समय और तारीख। दोनों कागज़ों को लिए लिए लड़की जस-की-तस खड़ी रही। उसकी कनपटियों की नसें टप्-टप् करती हुई टभकने लगीं। सबसे पहले उसने खिड़की देखी। वह आधी से ज़्यादा बन्द थी। "आंटी की शॉप' से सामान लेना बन्द।' उसने अपनी रोज़मर्रे की इस्तेमाल की चीज़ों को उल्टा-पुल्टा-साबुन-तेल, बुश-पेस्ट, हेयर पिन, पाउडर-क्रीम, कागज़ पेन, बिस्किट नमकीन के खोखे। चीजें लगभग ख़त्म थीं। 'आंटी की शॉप' से उधार चलता था। जब बहन पैसे भेजती तो उधार चुकता होता और अगला उधार शुरू हो जाता। लेकिन बन्दिशें एक के बाद एक धड़कती हुई आँखों के सामने थीं। लड़की ने कमरे की दीवारों को ताका। कपड़े अन्दर सुखाने पड़ेंगे तो डोरी बाँधने के लिए कील ठोंकनी पड़ेंगी। दरवाजा हमेशा बन्द रखना पड़ेगा तो सुबह-सुबह जो पूरे बिस्तर पर धूप आती थी, वह अब नदारद। और हवा कम और बाहर लॉन या पेड़ों के बीच वाले मैदान में धुपाने के लिए किसी कोने में सबसे अलग। और भरपूर जाड़ा आने ही वाला है। बाथरूम जाने के लिए चार बजे तक उठ जाना होगा। लड़की ने बैठ कर सामानों की सूची बनाई। कल क्लास के बाद वह बाज़ार जाएगी और सब सामान ले आएगी। लेकिन कहाँ से ले आएगी? उसने पैसे गिने। मेस और 'आंटी की शॉप' के भुगतान, फ़ोन और फ़ैक्स और रिक्शा-बहुत कम पैसे बचे थे। दिन में बहन को फ़ोन करना कितना मँहगा पड़ेगा। और सारी बातें बतानी ज़रूरी हैं। क्यों ज़रूरी हैं? क्यों बहन बार-बार

आए और वह पिछलग्गू बनी, टेसुए बहाती फिरे? लेकिन पैसे के लिए तो बहन से कहना ही पड़ेगा। तभी उसे मनोज की याद आयी और उसका मुँह बिगड़ गया। उसकी छाती पर किसी खूँटे की बार-बार लगती ठोकर की तरह नन्हें लाल खटिक का वह एक शब्द बजता रहा—लवंडा, लवंडा, लवंडा। फूहड़, बद्‌तमीज़, कमीना! लड़की ने फटाक से दरवाज़ा खोला और बाहर जा कर थूका—थू: आख़...थू: और पलट कर अन्दर आ गई। ओह, कमरे के लिए एक झाड़ू भी चाहिए क्योंकि कल से ब्लॉक-सर्वेण्ट नहीं आएगी। बरामदे से गुज़रेगी और कमरे को देखती हुई आगे बढ़ जाएगी। तो अन्ततः मनोज से मिल कर सब कुछ बताना पड़ेगा और कहना पड़ेगा कि रात को बहन को फ़ोन करके सब कुछ बता दे और अपने ही पते से तत्काल कुछ पैसे मँगवा ले क्योंकि यहाँ का कुछ ठीक नहीं है। तो फिर वही मनोज? इस पूरे बाहर और दुनिया में वही मनोज? लड़की ने दुख और क्रोध में अपने दाँतों से होठों को काटना-चबाना शुरू किया।

थोड़ी देर बाद उसने दूसरा कागज़ ध्यान से पढ़ा। जाँच का समय और तारीख़ तो ठीक, लेकिन स्थान वही—अधीक्षिका निवास। और सूची में मैम का नाम भी। लड़की गुस्से में भड़क उठी लेकिन तुरन्त उसे याद आया कि आज ही दोपहर को तो मैम की सदस्यता के ख़िलाफ़ फ़ैक्स भेजा है और तीन-चार दिन का समय है। लेकिन यह बात मनोज को...फिर वही मनोज? लड़की ने कागज़ों समेत धड़ाम से मेज़ पर मुक्का मारा और बिस्तर में पड़ गई।

न जाने कब तक लड़की इसी तरह लेटी रही। उसे हल्की-सी झपकी आ गई थी। तभी दरवाज़े पर ठक-ठक हुई। पहले उसने सोचा, सपने में ठक-ठक हो रही है लेकिन जब ठक-ठक ज़ोर से होने लगी तो वह हड़बड़ा कर उठी। उसने घड़ी देखी। रात के लगभग साढ़े ग्यारह बज रहे थे। उसने खिड़की से झाँका। बरामदे के अँधेरे में दो छायाएँ हिलती-डुलती नज़र आयीं। उसने दरवाज़ा खोल दिया। कमरे की रोशनी जब बरामदे में आयी तो उसने देखा कि एक महिला सिपाही हाथ में रूल लिए, मैत्रेयी की एक गुंडी के साथ खड़ी है। लड़की कमरे से बाहर आ गई। महिला पुलिस ने अपनी एक हथेली पर रूल बजाते हुए लड़की के चारों ओर घूमना शुरू किया, जैसे वह उसके अंगों का मुआइना कर रही हो। लड़की उसे मुड़-मुड़ कर आगे-पीछे देखती रही।

'बन्द करो यह सब।' अन्त में लड़की ने आजिज़ आ कर कहा।

'क्या बोली?' महिला सिपाही ने हाथ पर रूल बजाते हुए अपनी गर्दन एक ओर लचका कर कहा।

लड़की ने घूर कर उसे देखा।

'पुलिस अधीक्षक को ज्ञापन देती है?' महिला सिपाही ने कहा।

'तो?' लड़की ने कहा।

'साहब को जानती है?' महिला सिपाही ने फिर पूछा।

'क्यों जानूँ?' लड़की ने कहा।

'घोड़ी पर चलता है।' महिला सिपाही बोली।

'तो?'

'एक ही छलाँग में चढ़ जाता है।'

'तो?'

थाना पुलिस का मतलब मालूम है तुम्हें?' महिला सिपाही ने पूछा।

'तुम्हें तो मालूम है।' लड़की ने कहा।

'अभी तुम्हें टाँग कर अन्दर कर दूँ तो?'

'पहले वारंट ले आओ, तब अन्दर करना-समझीं। और भागो यहाँ से, अभी, इसी वक्त।' लड़की ने सीढ़ियों की तरफ़ उँगली उठाई, 'उधर-उधर।' उसने कमरे में घुस कर दरवाज़ा बन्द कर लिया।

'तीस नम्बर पागल हो रही है।' मैत्रेयी की गुंडी ने मैत्रेयी को आधी रात रपट दी।

'गुड।' मैत्रेयी ने कहा।

[19]

कॉमरेड शार्दूल विक्रम सिंह इन दिनों बिल्कुल 'कार्यकर्ता' की भूमिका में थे। सुबह-सुबह नहा-धो कर गायब होते तो शाम ढले आते। बीच में क्लास के वक्त अपने विभाग में, बाकी वक्त दूसरे विभागों में। चेहरे पर 'हें हैं' ने सनातन रूप धर लिया था। हर मज़ाक, हर ठिठोली को 'हें हें' की अदब के साथ कबूलते, हाथ भाँजते, झटके खाते अपने मिशन पर वे आगे बढ़ जाते। शाम को अक्सर प्रोफ़ेसरन के दरवाज़ों की घंटी पर उनका हाथ होता। इसी तरह एक शाम वे अनिवार्य फ़लाँ पिट्टू के दरवाज़े की घंटी बजा रहे थे।

'आओ, बालम आओ।' अनिवार्य फ़लाँ पिट्टू ने दरवाज़ा खोलते हुए कहा।

‘हें-हें।’ शार्दूल विक्रम सिंह पीछे-पीछे बैठक में आए।

‘सुना, तुम्हारे कैम्पस में शहद के बड़े-बड़े छत्ते हैं?’ अनिवार्य फ़लाँ पिट्टू ने तखोदनी से दाँत खोदते हुए कहा।

‘हाँ सर!’ शार्दूल विक्रम बोले। ‘बढ़िया, शुद्ध शहद मिलता होगा?’

‘चाहिए क्या सर?’ शार्दूल विक्रम उत्सुक हुए।

‘नहीं भाई, हम तो बुड्ढे हो गए।’ अनिवार्य फ़लाँ पिट्टू ने तिरछे देखते हुए कहा।

फिर चाय आ गई। चाय के बाद अनिवार्य फ़लाँ पिटू ने रच-रच के पान लगाना शुरू किया—‘मुझे तो यही एक शौक रह गया है लेकिन सुनते हैं, तुम तो लँगोटधारी थे’—कहते हुए उन्होंने शार्दूल विक्रम सिंह को झाँका और सुपारी कतरने लगे। शार्दूल विक्रम सिंह भीतर ही भीतर किचकिचाते रहे। कोई कॉमरेड होता तो फाड़ खाता साले को! जाँच कमेटी का चेयरमैन है तो आँका-बाँका बक रहा है। उस दिन कुलपति जी के सामने भी अंटशंट बोला था। बोल लो बेटा, बोल लो। शार्दूल विक्रम सिंह कुढ़ते हुए बैठे रहे। अनिवार्य फ़लाँ पिटठू ने सलीके से मुँह में पान की गिलौरी रखी, ज़र्दा भुरभुराया, चूना चाटा और उठ खड़े हुए।

‘तुम तो शौक नहीं फ़र्माते बालम?’ अनिवार्य फलाँ पिट्ठू ने पूछा। ‘नहीं सर!’

‘हाँ भई, तुम तो कॉमरेड हो।’ अनिवार्य फ़लाँ पिट्ठू ने कहा।

‘हें हें।’ शार्दूल विक्रम सिंह ने अपनी आँखें कपार में चढ़ाईं।

‘वो मनोज पांडेय भी तो कॉमरेड है?’ अनिवार्य फ़लाँ पिट्टू ने एकाएक

शार्दूल विक्रम को लगा, कोई उनकी गँटई पकड़ कर दबा रहा है। वे चुपचाप पिट्टू को ताकते रहे।

‘अमाँ, माल के बँटवारे का झगड़ा तो नहीं है?’ अनिवार्य फ़लाँ पिट्टू ने आवाज़ को महीन बना कर पूछा।

शार्दूल विक्रम चुप।

‘बाँट-चोंट के खाओ न बालम!’ अनिवार्य फ़लाँ पिट्ठू उठ खड़े हुए।

दोनों बाहर आए। बाहर रात हो चुकी थी। अनिवार्य फ़लाँ पिट्टू ने लैम्प-पोस्ट की धुँधली रोशनी में घड़ी देखी।

‘सम्मन मिल गया मैम को?’ अनिवार्य फ़लाँ पिटू ने पूछा।

‘सम्मन?’ शार्दूल विक्रम सिंह ने भकुआए हुए पूछा। ‘अनुसूचित जाति-जनजाति कमीशन का।’ पिट्ठू ने कहा।

'नहीं सर! 'शार्दूल विक्रम सिंह की गर्दन ने एकाएक झटका खाया।

'कुलपति जी को मिल गया है।' पिट्टू ने चलते हुए कहा।

शार्दूल विक्रम चुपचाप साथ-साथ चलते रहे।

'कब से निकले हो घर से?' पिट्ठू ने पूछा।

थोड़ी देर से सर!'

'थोड़ी देर से-क्या माने?"

'सुबह से सर!'

'तो मिल गया होगा, तिपहर को फ़ैक्स से आया है।'

'हो सकता है सर!'

'और तुम्हारे शहद के छत्ते को भी मिल गया होगा।' अनिवार्य फ़लाँ पिट्ठू ने मुड़ कर देखा।

शार्दूल विक्रम सिंह ने एक बड़ा झटका खाया।

'अमाँ, झटके बहुत आते हैं।' पिट्ठू ने घूरते हुए कहा।

'हाँ सर, ख़ासकर कोई टेंशन हो तब।' शार्दूल विक्रम बोले।

'खुल कर खल्लास नहीं होते क्या?' अनिवार्य फ़लाँ पिट्ठू ने थोड़ा तिरछा हो कर पान की जोरदार पीक मारी।

शार्दूल विक्रम चुप।

'टैम नहीं मिलता, क्यों?' अनिवार्य फ़लाँ पिट्ठू अँधेरे में हँसे।

'हें-हें।' शार्दूल विक्रम उसी तरह चलते हुए ज़मीन ताकते रहे।

'कुलपति जी का सायटिका इधर बढ़ गया है।' पिट्ठू ने कहा।

शार्दूल विक्रम ने जान छुड़ाने की सोची।

'बुलाया है, वहीं जाना है।' अनिवार्य फलाँ पिट्ठू ने सड़क की रोशनी में फिर घड़ी देखी।

'जी सर!' शार्दूल विक्रम ने कहा।

'निसाखातिर रहो बालम!' पिट्टू ने कॉमरेड के कन्धे पर हाथ रखा।

[20]

कॉमरेड शार्दूल विक्रम सिंह जब बँगले पहुँचे तो फ़ेंस के बाहर कोई कार खड़ी थी। उन्होंने धीरे से फाटक खोला और चिक हटा कर बरामदे में आए। ड्राइंग रूम से

हँसी की आवाज़ें सुनाई पड़ रही थीं। वे बरामदों से होते हुए पीछे गए और गलियारे में घुस कर किचेन में आए। खानसामिन और माई वहाँ, बदस्तूर मौजूद थीं। उन्होंने एक नज़र देखा और बगल से होते हुए बेड रूम में चले गए। आरामकुर्सी के पास ही म्यूजिक सिस्टम पर आयोग का वह पत्र खुला-फैला पड़ा था। उन्हें झटका लगा और झटके के बाद थोड़ा सुस्थिर होकर उन्होंने पत्र को उठाया। ऊपर प्रदेश सरकार की मुहर थी, फिर नाम और फिर तलब किए जाने वाले, यानी मैम का नाम और पता। और फिर सम्मन का विषय—'अनुसूचित जाति की छात्रा के मानसिक-शारीरिक उत्पीड़न के सम्बन्ध में।' नीचे आयोग की छपी हुई शब्दावली के भीतर रेखांकित अंश थे, 'माननीय आयोग ने प्रदेश अनुसूचित जाति-जनजाति आयोग, अधिनियम 1995 की धारा 11 के प्रावधानों के अन्तर्गत अन्वेषण / जाँच किए जाने का निर्णय लिया है। तदनुसार उपरोक्त अधिनियम की धारा-12 के अन्तर्गत आयोग द्वारा यह निर्णय लिया गया है कि आपको निर्देशित किया जाए...। उल्लेखनीय है कि...प्रदेश अनुसूचित जाति-जनजाति आयोग, अधिनियम 1995 की धारा-18 के अन्तर्गत आयोग के आदेशों की अवहेलना करना भारतीय दंड संहिता के प्रावधानों के अन्तर्गत दंडनीय है।...आज सन् 2000 ई. के फ़लाँ मास के फ़लाँ दिवस को स्वहस्ताक्षरित और आयोग की मुहर लगाकर प्रदत्त।'

कॉमरेड शार्दूल विक्रम सिंह एक बार आरामकुर्सी पर बैठे, थोड़ा हिले-हिलाये, फिर उठ खड़े हुए। उन्होंने गुरू जी को फ़ोन मिलाया और कहा कि 'मैं इसी वक्त आना चाहता हूँ।' उन्होंने फ़ोन रखा, बाहर निकले, गाड़ी निकाली और फुर्र हो गए।

[21]

करीब नौ बजे रात शार्दूल विक्रम सिंह अपने गुरू जी को क्षत-विक्षत करके गए और साढ़े नौ बजे किसी ने फिर दरवाज़ा खड़काया। गुरू जी ने खोला तो सामने डीन, छात्र-कल्याण हाथ जोड़े खड़े थे। दोनों अन्दर आ कर बैठ गए। दोनों ने एक दूसरे का हालचाल पूछा।

'आए थे।' गुरू जी ने कहा।

'मालूम है।' डीन, छात्र-कल्याण ने अपनी सुर्ती की डिबिया निकाली।

'वे सिर्फ़ अपने पिता जी का ज़िक्र करते रहे।' गुरू जी ने मुँह लटकाये कहा।
'पिता जी का?'

“ पिता जी बहुत रूपया खींच रहे हैं', बार-बार यही कह रहे थे।' गुरू जी बोले।

'तो खींचने दीजिए सर!' डीन ने कहा।

गुरू जी उनका मुँह ताकते रहे।

'समुन्दर में तुम्बी लगाने से कहीं समुन्दर का पानी सूखता है!' डीन साहब ने कहा।

'हमने सब तरह से समझाया। इतने छोटे मसले में न पड़ें, बड़ी बदनामी हो रही है। कैसे कम्युनिस्ट हो तुम? बाहर दलितों की रैलियाँ निकालोगे, बोलते हो तो आग उगलते हो। क्या सब कुछ लफ्फ़ाज़ी है? अपनी आस्थाओं, सिद्धान्तों का हनन है यह। लत्तर हो सकते हो, नौकरी जा सकती है। यूनिवर्सिटी के मकान में रहते हो और एच. आर.ए. भी लेते हो। कितने कमीशन और जाँच-कमेटियाँ, आयोग और सत्ता और पुलिस और महामहिम-सब तो सने हुए हैं। अख़बारों तक बात है, यूनिवर्सिटी में हा-हा हू-हू है। पोल-पट्टी खुल रही है। लँहकट अफ़वाहें हैं...लेकिन कुछ नहीं। उल्टे धौंस, उल्टे बेइज्ज़ती। मैंने तो यहाँ तक कहा कि हॉस्टल छोड़ दो। दोनों कमाते हो, बाहर कोई दूसरा घर ले लो।' गुरूजी ने वेदना व्यक्त की।

'वे क्यों छोड़ेंगे सर!' डीन साहब ने सुर्ती फटकी।

'क्यों?'

'वे बिल्कुल नहीं छोड़ेंगे सर!' डीन साहब ने फिर कहा।

'लेकिन क्योंऽऽ?' गुरू जी तिड़तड़ाए।

'आधे एकड़ में छ: बेड रूम्स का बँगला मुफ़्त। लॉन मुफ़्त, फुलवारी मुफ़्त। आठ-आठ नौकर मुफ़्त। माली मुफ़्त, ड्राइवर मुफ़्त, पेट्रोल मुफ़्त, छ:-छ: अख़बार मुफ़्त, पत्रिकाएँ मुफ़्त, राशन मुफ़्त, सब्ज़ी मुफ़्त, फलों की पेटी मुफ़्त, फ़ोन मुफ़्त, बिजली मुफ़्त, झूला मुफ़्त, क्रीम पाउडर लिपस्टिक मुफ़्त, हेकड़ी मुफ़्त, विचार-सिद्धान्त मुफ़्त—सब कुछ तो फोकट में। ऊपर से 65×10,000 रूपये जोड़ लीजिए। वह भी सिर्फ़ इस साल के।' डीन साहब ने सुर्ती होठों में दबाई।

'65×10,000 रुपये?' गुरू जी ने पूछा।

'अवैध छात्राओं से तहबाजारी।' डीन साहब ने कहा।

गुरू जी ने हिसाब लगाया—छ: लाख पचास हजार और आँखें फाड़ कर डीन, छात्र-कल्याण को देखा।

'दूसरे फर्जी वाउचर मैं नहीं गिना रहा।' डीन साहब बोले।

'आप ही ने मुझे बीच में डाला। किसलिए? बेइज्जती कराने के लिए?' गुरू जी ने कहा।

'इसलिए कि टेस्ट कर लें आप भी।' डीन साहब थूकने के लिए बरामदे के

बाहर गए और लौटे।

गुरू जी चुपचाप सामने की दीवार को घूरते रहे।

'आपको आदमी की पहचान नहीं है सर!' डीन साहब ने कहा।

'एक ही आदमी सब आदमी नहीं होता।' गुरू जी ने कहा।

'एक ही आदमी आपका विश्वास तोड़ देता है सर!'

'होगा।'

'छोड़ दीजिए सर!'

'क्या छोड़ दूँ?'

'चालिस साल से राजनीति कर रहे हैं आप। ऐसे ही लोगों को पैदा करने के लिए इस खँडहर में पड़े हैं? इससे अच्छा तो आप लँहकटों के साथ होते। कम से कम उनकी लँहकटई तो उजागर है। उन्हें आप जानते तो होते।' डीन साहब बोले।

'मुझे अफ़सोस नहीं है डॉ. पांडेय।' गुरू जी ने कहा।

'हमको तो है सर!'

'तो आप अपनी छाती कूटिये।'

'दुनिया अपने तर्क से चलेगी सर! उस पर आपका तर्क लागू नहीं होगा।' 'आप क्या सिखाने आए हैं? कि मैं भी वही करूँ जो शार्दूल विक्रम कर रहे हैं? आप भी वही हैं—वही।'

'आपको लोग चूतिया समझते हैं सर! 'डीन साहब जैसे दुःख प्रकट कर रहे हों।

'वो तो मैं हूँ...मैं हूँ और रहूँगा।' गुरु जी का चेहरा अपमान और गर्व से झुलस गया।

'माफ़ी चाहता हूँ सर! 'डीन साहब उठ खड़े हुए।

'कोई अन्तर नहीं पड़ता-कुछ नहीं।' गुरू जी भी उठ खड़े हुए।

[22]

आधी रात हो चुकी थी। चार-पाँच लड़कियाँ एक साथ निकलीं। उन्होंने इधर-उधर देखा और बरामदे के अँधेरे हिस्सों से तीस नम्बर की तरफ़ बढ़ीं। थोड़ा आगे जाने पर अचानक एक और कमरे का दरवाज़ा खुला और दो लड़कियों ने झाँक कर देखा।

'ए-ए!' उनमें से एक लड़की फुसफुसाई।

चारों लड़कियाँ रुक गईं।

'हम भी चलती हैं।' उन दोनों लड़कियों ने कमरे की बत्ती बन्द की, बाहर आयीं

और दरवाज़ा इस तरह उउँगाया जिससे ज़रा भी आवाज़ न हो।

सभी लड़कियाँ लुकती-छिपती तीस नम्बर की तरफ़ बढ़ीं। उन्होंने तीस नम्बर का दरवाज़ा खटकाया। लड़की चुपचाप बिस्तर में पड़ी हुई जाग रही थी। उसने उठ कर बत्ती जलाई, खिड़की की संद से झाँका, पहचाना, फिर कमरे की बत्ती बुझाई और खिड़की खोल कर खड़ी हो गई। वह डरी और रूठी हुई एक साथ थी।

'दरवाज़ा खोलो।' उनमें से एक लड़की ने फुसफुसा कर कहा। 'इसका कोई मतलब नहीं है।' लड़की ने अन्दर से कहा।

'डरो मत।' एक लड़की अँधेरे में बाहर से बोली।

'जाओ तुम लोग।' लड़की का गला भरभरा आया।

सभी लड़कियाँ थोड़ी देर खड़ी रहीं, फिर लौटीं और साथ वाली एक लड़की के कमरे में घुसीं। उन्होंने दरवाजा बन्द किया, बत्ती जलाई और बिस्तर पर इधर-उधर बैठ गईं।

'यार, ये तो ज्यादती है।' एक लड़की ने कहा।

'हमें भी वही समझा जा रहा है।' एक दूसरी लड़की। 'शामिल तो सब थे।' कमरे वाली लड़की ने कहा।

'यार, किस बात की सज़ा दी गई उसे? इसलिए कि उसके पास पैसा नहीं था, या इसलिए कि वह मैत्रेयी-ब्रांड नहीं निकली? हमारे माँ-बाप को पता चले कि हम कैसे नरक में रहते हैं, तो क्या होगा? वे तुरन्त हमें निकाल लेंगे। लेकिन ये क्या है यार, सामाजिक बहिष्कार? इसलिए कि उसने रिपोर्ट की? ऊपर तक गई? मान गई होती तो सब कुछ ठीक था?' किसी और लड़की ने कहा।

'सोचो, अगर तुम्हीं से कहा जाए—ये बन्द, वो बन्द...तुमसे कोई बात नहीं करेगा...अगर किसी से भी? हद है।' एक और लड़की बोली।

तभी दरवाज़ा खड़का। एक लड़की ने उठ कर खिड़की से झाँका। बाहर चार-पाँच लड़कियाँ खड़ी थीं।

'थर्ड इयर ग्रुप है।'

'खोल दो।' जिसका कमरा था, उस लड़की ने कहा।

सारी लड़कियाँ भरभरा कर अन्दर आ गईं। अन्दर वाली लड़कियों ने उनके लिए जगह बनाई।

'चलो यार, चन्दा करते हैं। 'कोई लड़की बोली।

'किसलिए?"

'उस भठियारिन को घूस देने के लिए।'

'अब? परसों जाँच-कमीशन बैठने वाला है।' कमरे वाली लड़की ने कहा। 'तीस नम्बर ने बताया भी तो नहीं।'

'नहीं बताती।' कमरे वाली लड़की बोली।

'क्यों?'

'फाँक है—फाँक। विश्वास नहीं है। और हो भी कैसे। जो आपस में हाल है। तुम्हें ही देख कर कोई नाक बन्द कर ले, तिरछा देखे और होंठ बिजकाये तो तुम

उसे क्या समझोगी? करोगी यकीन? और फिर हीन ग्रंथि भी है। पहले से ही खटका लगा हुआ रहता है, क्योंकि हमारा व्यवहार ही ऐसा है। दस-पाँच लोग करेंगे और भरेंगे सब लोग। क्या कहा तीस नम्बर ने सुना नहीं?' कमरे वाली लड़की ने बात को विस्तार दिया।

'क्या कहा?'

'इसका कोई मतलब नहीं है।'

सभी लड़कियाँ चुप हो गईं।

'तीस नम्बर ने थोड़ी जल्दीबाज़ी भी करी।' थर्ड इयर ग्रुप की एक लड़की ने कहा।

'जल्दीबाजी? तो क्या वह बड़े साहब की ट्रिप से लौट कर रिपोर्ट करती? अगर तुम्हारे साथ होता तो? तो?' एक लड़की ने तिड़क कर कहा।

'मेरे साथ क्यों होता?'

'जैसे कि उसके साथ हुआ?'

'तो मैम अस्पताल में होती...साली, कुत्ती। 'लड़की बोली।

तभी दरवाज़ा फिर खड़का। एक लड़की ने उठ कर खिड़की की सन्द से झाँका।

'गुंडियाँ।' उसने फुसफुसा कर कहा।

'खोल दो।' कमरे वाली लड़की ने कहा।

तीनों गुंडियाँ अकड़ती हुई घुसीं और दरवाज़ा छेंक कर खड़ी हो गईं।

'क्या हो रहा है यहाँ?' एक गुंडी ने धमकी भरे स्वर में कहा।

'बैठे हैं।' जिसका कमरा था, उस लड़की ने कहा।

'यहाँ क्यों बैठी हो सब लोग?' दूसरी गुंडी बोली।

'क्योंकि किसी को नींद नहीं आ रही।' कमरे वाली लड़की बोली।

'जिसको भी नींद नहीं आएगी, तुम्हारे कमरे में ही बैठेगी?' पहली गुंडी ने फिर धमकी का इस्तेमाल किया।

'हो सकता है।' कमरे वाली लड़की ने कहा।

'तीस नम्बर भी जगी हुई है, उसकी भी ले आओ।' दूसरी गुंडी बोली।

‘उसको भी ले आएँगे।’ कमरे वाली लड़की बिस्तर से उठी।

हल्ला-गुल्ला सुन कर कुछ और लड़कियाँ आ गईं। उधर संडास की तरफ़ के भी कमरे खुले और उधर से भी एक भीड़ आयी।

‘ए, तुम लोग यहाँ कैसे आयीं। ये हमारे बीच का मामला है। चलो यहाँ से—चलो।’ तीसरी गुंडी ने कहा।

‘तुमसे मतलब? तुम चलो, तुम तीनों टलो यहाँ से।’ कमरे वाली लड़की ने एक गुंडी को बाहर ढकेला।

तीनों गुंडियाँ दौड़ती हुई बरामदे के अन्त में सीढ़ियों से नीचे उतर गईं।

‘देखो तुम लोग,’ कमरे वाली लड़की लड़कियों की भीड़ की ओर पलटी, ‘जिसको जाना हो चला जाए। जो डरता हो, जिसको यह डर हो कि उसके माँ-बाप सुनेंगे तो क्या होगा? अख़बारों में छपेगा तो क्या होगा? पुलिस आएगी तो क्या होगा? मैम का ऐक्शन होगा तो क्या होगा? होगा जो होगा, मैं भुगत लूँगी। जिसका कौमार्य, जिसका पातिव्रत्य, जिसकी इज्ज़त, पढ़ाई, केरियर भंग होता हुआ दिखाई दे, वह तुरंत यहाँ से फूट ले।’ कमरे वाली लड़की चुप हो गई। सारी लड़कियाँ चुपचाप खड़ी रहीं।

‘कोई रिस्क लेने की ज़रूरत नहीं।’ कमरे वाली लड़की ने फिर कहा।

सीढ़ियों पर फिर धमस सुनाई दी। सभी लड़कियाँ उस ओर देखने लगीं। मैत्रेयी अपनी तीनों गुंडियों के साथ थी। उसके हाथ में रूल था।

‘सुश्री माननीया छवि चतुर्वेदी जी, इधर आइए।’ मैत्रेयी ने रूल से इशारा किया।

कमरे वाली लड़की भीड़ से बाहर आयी।

‘ओफ़, यहाँ तो बहुत बदबू है।’ मैत्रेयी ने नाक दबाई और संडास की तरफ़ से आने वाली छिटपुट लड़कियों को देखा। फिर नाक छोड़ी और ज़ोर से बोली, ‘भागो यहाँ से।’

‘सबसे ज्यादा बदबू तो तुम मारती हो, तुम्हीं चली जाओ।’ छवि चतुर्वेदी ने कहा।

अचानक मैत्रेयी उछली और उसने छवि चतुर्वेदी को दबोच लिया। उसकी गुंडियाँ भीड़ पर टूट पड़ीं। फिर धक्कम-धुक्की, गुत्थम-गुत्था और चीख-पुकार। पूरे बरामदे में भरभरा कर लड़कियाँ निकल आयीं। कौन किसको पीट रहा है, उस अँधेरे में पता करना मुश्किल था। एकाएक पता चला कि पाँसा पलट गया है और मैत्रेयी और

उसकी गुंडियाँ पिट रही हैं। छवि और दूसरी लड़कियाँ उन्हें घसीट कर सीढ़ियों तक ले गईं और नीचे ढकेल दिया। शोर सुन कर गेट-गॉर्ड ने मैम को फ़ोन किया। फ़ोन शार्दूल विक्रम सिंह ने उठाया। ख़बर सुनते ही उन्हें ज़ोर का झटका लगा। उन्होंने फ़ोन बन्द किया और तुरन्त थाने में फ़ोन किया। फ़ोन रख कर उन्होंने अपनी पत्नी को जगाना शुरू किया। पत्नी किसी तरह उठ नहीं रही थीं। शार्दूल विक्रम उनको ज़ोर-ज़ोर से हिलाते हुए चिल्लाये, 'हिंसा...मारकाट...बलवा...हंगामा।' पत्नी की साँस से बासी दारू की दुर्गन्ध उठ रही थी। काजल इधर-उधर पुंछा हुआ था। शृंगार की परत जगह-जगह दरक गई थी। वे गालियाँ बकती हुई उठीं तो शार्दूल विक्रम सिंह ने उन्हें कस के झंझोड़ा—'लराई...लराई' उन्होंने ज़ोर से कहा। तभी हॉस्टल के मुख्य द्वार से पुलिस की दो ट्रकें धड़धड़ाती हुई अन्दर घुसीं। शार्दूल विक्रम सिंह भाग कर बाहर आए। ट्रकों से सिपाहियों का कूदना जारी था। साथ में गेट गार्ड था।

'कहाँ मार-पीट हो रही है?" शार्दूल विक्रम सिंह ने गेट-गॉर्ड से पूछा।

'ऊपर, पहले तल्ले पर।'

शार्दूल विक्रम सिंह पुलिस के साथ हॉस्टल की ओर दौड़े लेकिन हॉस्टल के भीतर नहीं गए।

मैम इस वक्त ड्रेसिंग टेबिल के सामने थीं और चेहरे को झाड़-पोंछ रही थीं। उन्होंने एक ढीला-ढाला सलवार-कुर्ता पहना, कन्धों पर शाल डाला और बाहर निकलीं। उनके आते ही शार्दूल विक्रम सिंह बँगले लौट गए। मैम ने पुलिस के साथ राउण्ड लेना शुरू किया। सभी कमरे बन्द। अँधेरा और चारों ओर सन्नाटा। पहले तल्ले पर वे तीस नम्बर के सामने क्षण भर रुकीं। राउण्ड लेकर वे फिर नीचे उतरीं और एम. एम. के कमरे पर गईं। बत्ती जल रही थी और कमरे का दरवाज़ा अधखुला था। मैत्रेयी की तीनों गुंडियाँ ज़मीन पर चादर ओढ़े लेटी थीं। मैम अन्दर गईं तो मैत्रेयी उठी नहीं। उसका चेहरा चोट और खरोंच से सूजा हुआ था। उसने चादर हटाई और दोनों कुहनियाँ और घुटने दिखाये। उसने कुर्सी पर डला एक जीन्स दिखाया जो बीच से चर्र था। मैम उसके पास तखत पर बैठ गईं। उसका माथा सहलाया। डॉक्टर की बात की तो मैत्रेयी ने मना कर दिया।

'देखती हूँ सुबह।' मैम ने कहा और पुचकारती हुई उठ गईं। नीचे पसरी तीनों लड़कियों को उन्होंने इस तरह देखा, जैसे खाट के नीचे लेटे हुए टेरियर को मालिक लोग देखते हैं।

हॉस्टल से बाहर आ कर मैम दारोगा को अलग ले गईं।

'मेरे बिना कहे कोई एफ. आई. आर. नहीं।' मैम ने कहा।

'ओ. के. मैम!' दारोगा ने सैल्यूट मारा।

'और अभी से मैत्रेयी के साथ एक महिला-पुलिस तैनात। आगे कोई वारदात न हो। और नो अख़बारबाज़ी।' मैम ने दारोगा को उँगली दिखाते हुए कहा।

'यस मैम!'

मैम बँगले लौटीं तो उनके पति आरामकुर्सी पर हिलते हुए उनका इंतज़ार कर रहे थे। वे सलवार-कुर्ता पहने ही बिस्तर में धब्-से गिर गईं। शार्दूल विक्रम सिंह उन्हें तिरछे देखते रहे।

'मैत्रेयी पिट गई।' मैम ने अपने ऊपर चादर खींचते हुए कहा।

'गुड।' शार्दूल विक्रम सिंह के मुँह से निकला।

'शायद हॉस्पिटल भेजना पड़े।' मैम बोलीं।

'मिलिटरी?' शार्दूल विक्रम ने झाँक कर अपनी पत्नी को देखा। 'बास्टर्ड!' मैम ने कहा और करवट बदल लिया।

[23]

हँसी-ठट्ठे की बीच घंटे भर से नाश्ता-पानी चल रहा था। घंटे भर से लड़की लॉन में खड़ी थी। हँसी-ठट्ठे में दो झुनझुने जैसी नरम आवाज़ें थीं और कोई इकलौता अट्टहास था। अट्टहास और झुनझुनों के बीच एक. हू-हू-हू करती हुई हँसी थी, जो सबके बन्द होने पर भी सुन पड़ती थी। बीच-बीच में अनिवार्य फ़लाँ पिट्टू की पान की पीक में घुली हुई 'बुलिंग' सुनाई पड़ती। कब कौन निशाने पर होता, पता करना मुश्किल था। यह पूरी जाँच-कमेटी थी और अनिवार्य फ़लाँ पिट्ठ जाँच-कमेटी के चेयरमैन। वैसे भी वे 'ग्रेट बुली' मशहूर थे लेकिन इस वक्त तो जैसे यह उनका अधिकार था। अट्टहास जी के बारे में कहा जाता था कि आज से बीस वर्ष पहले जब उनकी तदर्थ नियुक्ति हुई थी तो यूनिवर्सिटी में हर किसी की हर बात पर वे सिर्फ़ बेआवाज़ दाँत चियारते थे, जिससे हर कोई ख़ुश रहे और उनकी तदर्थ नियुक्ति सनातन नियुक्ति में बदल जाए। उन दिनों अक्सर वे बुरी ख़बर पर भी दाँत निपोर

देते। आगाह करने पर वे पुन: माफीनामे के तौर पर दाँत चियारते। उनके एक मित्र ने एक बार उनसे पूछा कि तुम हर किसी की अच्छी-बुरी हर बात पर एक ही तरह से क्यों दाँत दिखाते हो, तो उन्होंने कहा कि वे कभी, किसी की कोई बात सुनते ही नहीं, अत: जानते ही नहीं कि कौन अच्छा-बुरा क्या कह रहा है। सनातन नियुक्ति हो जाने के बाद वे अचानक अट्टहास करने लगे। लेकिन अभी भी वे मानसिक रूप से कहीं नहीं रहते। ऐसे प्रोफ़ेसर का जाँच-कमेटी पर होना कितना ज़रूरी था! दोनों झुनझुनों में पतला झुनझुना मैम का था और खसखसा मैडम डि.लिट. का, जो अपने कपोलों को अगल-बगल लटकने से बचाये रखने के लिए तरह-तरह के 'योगा' कर रही थीं। हू-हू-हू हँसी उस दलित प्राध्यापक की थी, जिसका भाग्य यूनिवर्सिटी टॉवर से लटका हुआ हवा में झूल रहा था। इसलिए वह सबके हँसने के बाद हू-हू-हूऊ करता था।

लड़की इस अलमस्त आह्लाद के बीच लॉन में कभी एक, कभी दूसरी टाँग पर बल दे कर टेढ़ी-मेढ़ी खड़ी थी। बँगले के बाहर और मुख्य द्वार पर, हॉस्टल के फाटक और हॉस्टल के परिसर में, इधर-उधर, 'आंटी की शॉप' और फ़ोन-बूथ के आसपास पुलिस का सख़्त पहरा था। किसी संवासिनी का परिसर में निकलना, चहलकदमी करना या ताकना-झाँकना मना था। इसके लिए मैम का ह्विप था और ह्विप के परिपालन के लिए पुलिस। लड़की घास पर बैठ सकती थी लेकिन वह इंतज़ार करती खड़ी थी, बस। वह बार-बार घड़ी देखती, ऊबती और अपने को संतुलित रखने के लिए दाँतों से नाखून चबाने लगती। बँगले के फाटक पर दो सिपाही आपस में फुसफुस करते खड़े थे। तभी डॉ. शार्दूल विक्रम सिंह बाहर आए और लड़की को भीतर आने का इशारा किया। लड़की पर्दा हटा कर अन्दर दाखिल हुई और उसने हल्के से झुक कर सबको नमस्कार किया। अनिवार्य फ़लाँ पिट्टू अपनी आदत के मुताबिक उस वक्त सींक से दाँत खोद रहे थे। उन्होंने एक ओर का सड़ा मसूढ़ा दिखाते हुए तिरीछे नयनों से लड़की को देखा। अट्टहास जी ने लड़की को बैठने का इशारा किया और हू-हू-हू ने कुछ यों देखा, जैसे मुझसे कोई उम्मीद मत रखना, मैं तो खुद ही लटका हूँ। यही वह जलसाघर था जिसमें झाँक कर उसने कहा था, 'जी मैम!' और इसी कमरे के उधर वाले गलियारे में उसका चीर-हरण होते-होते बचा था। जीवन और जीवन का माहात्म्य और उल्लास...वह किधर के कोने में सिसक रहा था? यह कैसी आवाज थी? लड़की ने आँखें उठा कर इधर-उधर देखा। कहीं-कुछ नहीं था। वह पर्दों को हिलाती हुई हवा थी, या अनिवार्य फ़लाँ पिट्टू द्वारा पान और पायरिया को चूसती हुई हीस्-हीस्, या कोई चुहिया, जिसकी पूँछ किसी

सोफ़े के पाये के नीचे फँस गई थी!

अनिवार्य फ़लाँ पिट्ठू ने सामने तिपाई पर रखी हुई फ़ाइल को इधर-उधर पलटा।

'तो आप हैं?' उन्होंने लड़की से कहा। लड़की ने उनकी ओर देखा

'आप मनोज पांडेय को जानती हैं? पिट्ठू ने पूछा।

'इस सवाल का कोई मतलब नहीं।' लड़की ने कहा। 'जानती हैं?' सवाल घूरते हुए पलटा।

'वे मेरी बहन के दोस्त हैं।' लड़की ने कहा।

'और आपके?'

'मेरे भी।'

'दोस्त?'

लड़की ने सिर्फ़ देखा।

'आप मनोज पांडेय के गुरू जी को भी जानती हैं?' अनिवार्य फलाँ पिट्ठू ने जाँच आगे बढ़ाई।

'जानती हूँ।' लड़की ने कहा।

'काफ़ी बड़े लोगों से सम्बन्ध हैं आपके!'

'मैं तो प्रधानमंत्री और गौतमबुद्ध को भी जानती हूँ।' लड़की ने कहा। 'हू-हू-हूऊऊ!' जो सबसे बाद में हँसते थे, उन्होंने सबसे पहले हँसी का फ़ौव्वारा छोड़ा।

अनिवार्य फ़लाँ पिट्टू ने उन्हें घूर कर देखा-ख़बरदार...।

'आपने जो आरोप लगाये हैं, वे आपको याद हैं?' पिट्ठू ने पूछा।

'वे सच हैं!' लड़की ने कहा।

'सच कैसे हैं?'

'क्योंकि वैसा ही हुआ मेरे साथ।'

'वो तो आप कह रही हैं।'

'मेरे साथ घटित हुआ तो मैं ही तो कहूँगी।' लड़की ने कहा।

'कोई प्रमाण?' अट्टहास जी ने प्रश्न किया।

'जिन्होंने किया वे सामने बैठी हैं,' लड़की ने उँगली से इशारा किया, 'और इनके पति जो बाहर खड़े हैं, और खानसामिन और माई और बहुत सारी लड़कियाँ। लेकिन जो इनकी कृपा पर हैं वे प्रमाण कैसे देंगी?' लड़की बिफर गई।

'लेकिन तुमने तो टिक् किया है कि वे प्रमाण देंगी?' मैडम डि. लिट्. ने फ़ाइल

में अवैध लड़कियों की सूची पलटी।

'पुलिस को हटा लीजिए और उन्हें आने दीजिए।'

'पुलिस तो तुम्हारे कारण आयी।' मैडम डि. लिट. बोलीं।

'इनकी गुंडियों के कारण, जो इनके इशारे पर तहबाजारी वसूलती हैं, धमकाती हैं, मारपीट करती हैं।' लड़की ने सीधे मैम की आँखों में देखा।

'मैं अभी तेरा भुर्ता बनाती हूँ।' मैम उठ कर लड़की की तरफ़ लपकीं। अनिवार्य फ़लाँ पिट्टू ने उठ कर मैम को हाथ से रोका।

'इन पर आरोप है। कृपा करके इन्हें बाहर हटाइए यहाँ से।' लड़की ताव में बोली।

'आपके कहने से हटा देंगे?' अनिवार्य फलाँ पिट्टू भी तउआए।

'तब तो ये नाटक है सब कुछ। जो आरोपी है, वही फ़ैसला करने बैठा है, और जो आप सबके सामने अभी मारपीट पर उतारू था। क्या हैं आप लोग? इतनी बेशर्मी क्यों है? और इतनी ऊँचाई से! क्या मतलब है? क्यों आयी मैं? जाती हूँ मैं।' लड़की उठ कर खड़ी हो गई।

'बैठो चुपचाप।' मैडम डि. लिट. ने प्यार और डाँट घोल कर आदेश दिया। लड़की बैठ गई।

'आप अपने आरोप अपनी हस्तलिपि में लिखिये।' अनिवार्य फलाँ पिट्टू ने एक सादा कागज़ आगे सरकाते हुए कहा।

'फ़ाइल आपके सामने है।' लड़की ने कहा।

'हम आपकी हस्तलिपि देखना चाहते हैं।' हू-हू-हू ने कहा।

'क्यों?'

'क्योंकि जाँच समिति को शक है कि आपकी ओर से प्रतिवेदन कोई और लिखता रहा है।' अट्टहास जी ने कहा।

लड़की ने आँख उठा कर सबको देखा।

'वही मनोज पांडेय या उसके गुरू जी।' अनिवार्य फ़लाँ पिट्टू ने कहा।

'कोई भी लिखे, दस्तख़त तो मेरे हैं।'

'यानी कोई लिखता है?' हू-हू-हू को मज़ा आया।

'हो सकता है।'

'कहाँ बैठ कर लिखते थे आप लोग?' अट्टहास जी ने पूछा।

'घूरे पर।' लड़की ने कहा।

'देखा...देखा!' मैम फिर उठने को हुईं।

'ऐ लड़की, तमीज़ से बात कर।' मैडम डि. लिट्. ने डाँटा।

'तमीज़ और लोगों को भी सिखाइए।' लड़की बोली।

'आप जानती हैं, आप द्वारा लगाये गए आरोप कितने गम्भीर हैं?' अनिवार्य फ़लाँ पिट्टू ने पूछा।

'गम्भीर हैं तभी तो आरोप हैं।'

'अगर साबित न हुए तो आप पर अनुशासनात्मक कार्यवाही भी हो सकती है।' अट्टहास जी बोले।

'आप धमकी दे रहे हैं।' लड़की ने कहा।

'आप अवैध रह रही हैं।' हू-हू-हू बोले।

'पैंसठ लड़कियाँ अवैध हैं, सूची संलग्न है।' लड़की ने सामने पड़ी फ़ाइल की ओर इशारा किया।

'तब आप ही के साथ ऐसा क्यों हुआ?' हू-हू-हू ने पूछा।

'क्योंकि मेरे पास पैसा नहीं है और मैं चरित्रहीन नहीं हूँ।' लड़की ने मैम की आँखों में देखा।

'बाकी लड़कियाँ चरित्रहीन हैं?' अनिवार्य फ़लाँ पिट्ठू ने दागा।

'नहीं।' लड़की का सिर नीचे हो गया।

'आप तो कह रही हैं।'

'नहीं, मैं कुछ नहीं कह रही।'

'अभी तो आपने कहा।'

'नहीं।'

'क्या नहीं?'

'कुछ नहीं।'

'जानती हो, तुम्हारी बी.ए. की डिग्री भी छीनी जा सकती है?' मैडम डि. लिट. ने कहा।

'छीन लीजिए।' लड़की ने सीधे उनकी आँखों में देखा।

'तो क्या करेगी तू?' मैडम डि. लिट. जैसे चिन्तित हो गईं।

'मेरे पास और भी रास्ते हैं।' लड़की ने कहा।

'ठेला लगाएँगी।' अनिवार्य फ़लाँ पिट्टू ने कहा।

लड़की ने अपनी फ़ाइल कुर्सी के हत्थे पर ज़ोर से पटकी, उठी और झटके से पर्दा हटाते हुए बाहर निकल गई।

[24]

जाँच समिति की इस 'विस्तृत' और 'महत्वपूर्ण' जाँच के आधार पर अनिवार्य फलाँ पिट्ठू ने निम्नलिखित जाँच रिपोर्ट तैयार की। 'हमने अत्यन्त सावधानी बरतते हुए वादिनी सुश्री..., अवैध संवासिनी, कमरा नं. 30, मृदुला साराभाई महिला छात्रावास, को पूरी स्वतंत्रता देते हुए उसके आरोपों के बारे में पूछताछ की और उसे साबित करने की पूरी छूट और मोहलत दी। वादिनी अपना कोई भी आरोप साबित नहीं कर सकी। ध्यातव्य है कि किसी भी अवैध छात्रा को हॉस्टल में रहने की अनुमति देना अधिष्ठाता, छात्र-कल्याण के अधिकार क्षेत्र के अन्तर्गत नहीं आता। इसके अलावा भी इस सम्बन्ध में 'श्री बी. एन. चतुर्वेदी बनाम विश्वविद्यालय' की जनहित याचिका पर माननीय न्यायमूर्ति श्री...के सन् 1993 ई. के उस फ़ैसले की ओर हम ध्यान आकर्षित करना चाहेंगे, जिसमें कहा गया है कि 'यूनिवर्सिटी अधिकारियों द्वारा किसी भी छात्र-छात्रा को बिना कानूनी ऐडमिशन के रहने की अनुमति नहीं देनी चाहिए।' (अनिवार्य फ़लाँ पिट्टू यहाँ बड़ी सफ़ाई से गोल कर गए कि तब मृदुला साराभाई छात्रावास में पैंसठ अवैध छात्राएँ किस नियम की तहत आराम फ़रमा रही हैं?) इसके अलावा वादिनी ने जाँच-कमेटी के सदस्यों द्वारा पूछे गए सारे सवालों के उत्तर अत्यन्त उत्तेजक और असभ्य भाषा में दिए। प्रश्नों के उत्तर में वह उल्टे बार-बार आरोप लगाती रही और माननीया अधीक्षिका के लिए अपमानजनक शब्दों का व्यवहार करती रही। बावजूद इसके अधीक्षिका ने धैर्य और शालीनता से काम लिया और वादिनी की बातों को नज़रअन्दाज़ करती रहीं। गौरतलब है कि अधीक्षिका महोदया ने बाकायदा लिखित रूप में यह बयान दिया है कि जाति और वर्ण के आधार पर किसी भी अवैध संवासिनी के साथ कोई अलग और अनुचित व्यवहार नहीं किया गया। जाँच के दौरान यह भी पता लगा कि इस पूरे दुष्कांड में कुछ बाहरी राजनैतिक माफ़ियाओं का हाथ है। अतः उपर्युक्त तथ्यों के मद्‌देनज़र जाँच समिति निम्नलिखित सिफ़ारिशें माननीय कुलपति जी के सामने पेश करती है :

1. वादिनी धौंस और धमकी से छात्रावास की अधीक्षिका को मजबूर करना चाहती है, ताकि उसे अवैध रूप में रहने दिया जाए। वादिनी द्वारा लगाये गए सारे आरोप मनगढ़न्त हैं और अक्षम्य अनुशासनहीनता की कोटि में आते हैं। अतः वादिनी को छात्रावास से तत्काल निष्कासित करने हेतु प्रभावी कदम उठाया जाए।

2. इस ख़तरनाक अनुशासनहीनता के लिए यूनिवर्सिटी अधिकारियों द्वारा वादिनी के ख़िलाफ़ फ़ौरन से पेश्तर उचित कार्यवाही की जाए।'

[25]

महिला जाँच-समिति की रिपोर्ट स्वयं डॉ. शार्दूल विक्रम सिंह ने अपने हाथों से लिखी। जाँच-समिति की सदस्याएँ चाय-पानी करती रहीं। गाँधी जी की बूढ़ी चेली उस कमरे की साज-सजावट को धुँधली नज़रों से देखती रहीं। उन्हें सारी आवाज़ें दूर से आती लगतीं। लड़की जब अन्दर बुलाई गई तो उन्हें लगा, वह गोधूलि के भीतर से निकल कर चली आ रही है।

'मेरे नजदीक आओ।' उन्होंने लड़की को इशारे से अपने पास बुलाया।

लड़की उनके पास आयी तो उसका गला भर आया। बुढ़िया ने उसे अपने सोफ़े के चौड़े हत्थे पर बिठा लिया और उसकी पीठ सहलाने लगी।

'ऐसा वक्त आए तो राम-नाम जपने लगो बेटी!' गाँधी जी की चेली ने कहा।

लड़की की समझ में नहीं आया कि वह क्या बोले?

'झगड़ा करने से क्या फ़ायदा! ये अच्छे लोग हैं।' गाँधी जी की चेली ने लड़की के चेहरे की ओर देखते हुए कहा।

लड़की को अब गुस्सा आने लगा।

'जाओ, और खुश रहो।' बुढ़िया ने फिर कहा।

लड़की उठी और बाहर चली गई। महिला जाँच समिति के सामने बस इतनी ही जाँच हुई। लड़की बँगले के बाहर हुई और शार्दूल विक्रम सिंह अपनी हस्तलिपि में लिखी लम्बी-चौड़ी रिपोर्ट लेकर प्रस्तुत हुए।

'बड़ी अच्छी लड़की है।' गाँधी जी की चेली ने कहा।

'हाँ, बहुत अच्छी।' शार्दूल विक्रम सिंह बुढ़िया के सामने रिपोर्ट पर दस्तख़त कराने झुके।

'सब कुछ ठीक है न?' बुढ़िया ने कलम पकड़े-पकड़े पूछा।

'हाँ-हाँ, बिल्कुल ठीक।'

'उसे माफ़ कर दो।' बुढ़िया ने कहा।

'कर दिया।' शार्दूल विक्रम बोले।

गाँधी जी की चेली ने दस्तख़त कर दिया। रिपोर्ट काफ़ी घचर-पचर थी। उसमें बहुत सारी संवासिनियों के बयानों के हवाले से सिद्ध किया गया था कि 'आदरणीय सर, यानी कॉमरेड शार्दूल विक्रम सिंह एक सुशिक्षित, सुसभ्य और सुसंस्कृत व्यक्ति हैं। वे दलितों के प्रति उदार और दलितों और महिलाओं के प्रति स्वस्थ विचार रखने वाले, जनवादी चेतना से लैस व्यक्ति हैं। जब भी हम बँगले पर जाती हैं, सर कभी दरवाज़ा खोलने नहीं आते। कार्यालय में हमसे बातें करते वक्त वे कभी अपनी आँखें ऊपर नहीं उठाते। और फिर कोई भी व्यक्ति यह दुस्साहस कैसे कर सकता है, जब उसकी पत्नी बँगले में मौजूद हो?'

कॉमरेड शार्दूल विक्रम सिंह ने ज़बर्दस्त ताड़ातड़ी की। उन्होंने अपनी हस्तलिखित महिला जाँच समिति की रिपोर्ट के हर पन्ने पर महिला जाँच-समिति के सदस्यों के दस्तख़त लिए। उसकी फ़ोटो प्रतियाँ करवाईं और सारे संलग्नकों के साथ उन सब लोगों को त्वरित डाक-सेवा से भेजा, जिन्हें लड़की ने अपना प्रतिवेदन भेजा था। उन्होंने अपनी पार्टी के राज्य कमेटी के एक सदस्य को उसकी दो प्रतियाँ पकड़ाईं। उन्होंने कॉमरेड रामानुज मौर्या और अश्विनी पासवान की भरपूर शिकायत की। कहा कि 'ये दोनों लोग मनोज पांडेय का साथ दे रहे हैं और पार्टी-विरोधी गतिविधियों में शामिल हैं। वे लोग लड़की की सिफ़ारिश लेकर मुझसे मिलने आए थे। एक गैरकानूनी लड़की को रहने देने के लिए सिफ़ारिश, और मुझी से मेरी पत्नी के ख़िलाफ? मेरे विरुद्ध लगाये गए आरोपों में भी इन लोगों का हाथ हो सकता है। और पार्टी के लिए भी क्या कर रहे हैं ये लोग? पार्टी कार्यालय में पसरे हुए, लिट्टी सेंकने के अलावा क्या योगदान है इनका? हमारी ही थाली में खाएँगे और उसी में बिरंजी भी घुसाएँगे? और वह मनोज पांडेय कुछ भी कर सकता है।'

राज्य-कमेटी के सदस्य ने उन्हें धीरज बँधाया और कागज़-पत्तर लेकर चले गए।

[26]

यूनिवर्सिटी जाँच समिति की रिपोर्ट अनिवार्य फ़लाँ पिट्टू के पास थी और कुलपति जी के माध्यम से महामहिम के दौरे पर सीधे उन्हें देनी थी। अनिवार्य फ़लाँ पिट्टू वह

रिपोर्ट लेकर अनुसूचित जाति-जनजाति आयोग के सामने नियत तारीख़ पर कुलपति के प्रतिनिधि के बतौर पेश हुए। आयोग के चेयरमैन ने सबसे पहले उन्हें हिदायत दी कि वे बाहर जाकर पान थूकें और कृपया मुँह साफ़ करके कायदे से पेश हों। अनिवार्य फ़लाँ पिट्टू को पहली बार लगा कि वे सबके लिए, सब कहीं अनिवार्य नहीं हो सकते। उन्हें मुँह साफ़ कर के बोलने की आदत बरसों से छूट गई थी। उन्हें कुछ अजीब और अटपटा लग रहा था। आयोग के चेयरमैन ने पान घुलाते हुए बुली करने की उनकी आदत की जड़ पर ही प्रहार कर दिया। दोनों जाँच-कमेटियों की रिपोर्ट उन्होंने आयोग के पटल पर रखी चेयरमैन ने रिपोर्ट उलट-पुलट कर देखी और देखते हुए उनकी नज़र सिफ़ारिशों पर पड़ गई। उन्होंने प्रो. त्रिपाठी यानी यूनिवर्सिटी मामलों के विधि-विशेषज्ञ अनिवार्य फ़लाँ पिट्टू को उसी के साथ उड़ती नज़रों से देखा।

'आप लोग प्रोफ़ेसर हैं, आदमी नहीं।' चेयरमैन ने कहा।

'ज़ाहिर है सर!' अनिवार्य फ़लाँ पिटू इस जनम में पहली बार मुँह में बिना पान दबाये बोल रहे थे। उन्हें अपनी वाणी पर अचम्भा हो रहा था। उनकी समझ में नहीं आ रहा था कि क्या जवाब दें। उन्हें लगा वे अकबक बोल गए।

'क्या मतलब?' अब अचम्भे में पड़ने की चेयरमैन की बारी थी।

'नहीं सर, मेरा वह मतलब नहीं था।' पिटू ने कहा।

'आप ब्राह्मण हैं?' चेयरमैन ने पूछा।

'ज़ाहिर है सर!' पिटू के मुँह से संयोगवश फिर वही मधुर वाक्य निकल गया। 'नहीं सर...हाँ सर, लेकिन मेरा वो मतलब नहीं था।'

'आप जाँच कमेटी के चेयरमैन भी हैं?"

अनिवार्य फ़लाँ पिट्ठू ने इस बार बोलना उचित न समझ कर, केवल स्वीकृति में मूड़ी हिलाई।

'यानी आप जाँच-कमेटी के चेयरमैन भी हैं, कुलपति के प्रतिनिधि भी और ब्राह्मण भी', आयोग के चेयरमैन की आवाज़ एकाएक ऊँची हो गई, 'और यह रिपोर्ट है या फ़ैसला? आप न्यायपालिका हैं क्या? आप माननीय न्यायमूर्ति हैं? ये सिफ़ारिशें हैं या दमन के दस्तावेज? आपके अल्फ़ाज जो हैं, और जो लिखने का ढंग वो क्या ज़ाहिर करता है? कौन हैं वह मैडम? उन्हें नोटिस भेजता हूँ कि चाहे पैर भारी हों या सिर, आयोग के सामने हाज़िर हों। ये हीला-हवाली नहीं चलेगी। हॉस्टल है कि जेलखाना? कि धन्धे-कमाई की जगह? और ये क्या है?'—चेयरमैन ने पैंसठ अवैध लड़कियों की सूची हवा में फहराई, 'दलित लड़की हो तो धन्धा करवाने की कोशिश करेंगे, घूस माँगेंगे और न हो पैसा तो 'कहेंगे, 'उसके बदले कुछ और

दो'। आप सवर्ण लोग हैं, बुद्धिजीवी हैं—आप लोगों के पास सब कुछ है, फिर भी 'कुछ और दो' की आदत नहीं गई? पहले निश्चिन्त ज़बर्दस्ती थी, अब वही काम उत्पीड़न और धमकी के साथ? आपने रिपोर्ट तो दे ही दी है, कोई बयान देना चाहते हैं, कुलपति महोदय की ओर से?' चेयरमैन ने फ़ाइल एक ओर सरकाते हुए कहा।

'जो इल्ज़ाम साबित नहीं किए जा सके, उनके लिए दोषी किसको ठहराया जा सकता है सर?' पिट्टू अब तक प्रकृतस्थ और तैयार हो चुके थे।

'आपको कहा जाए कि मैंने आपको पान थूकने और मुँह साफ़ करने के लिए कहा, आप साबित करिये।' चेयरमैन ने कहा।

'आपने कहा सर!'

'कोई प्रमाण है आपके पास?"

'मेरी अन्तरात्मा है सर!'

'अन्तरात्मा की गवाही भारतीय दंड संहिता में मान्य है?"

'मैडम बैठी हैं।' पिट्टू ने आयोग की माननीया सदस्या की ओर मुस्कुरा कर देखा।

'मैडम तो आयोग की तरफ़ से हैं।'

'मैंने थूका, मैं कह रहा हूँ सर!' पिट्ठू की लाल जीभ अब तक सेट् हो गई

'और वह लड़की कह रही है तो उसे साबित करना पड़ेगा?" चेयरमैन ने कहा।

'ज़ाहिर है सर!' कहते-कहते अनिवार्य फ़लाँ पिट्ठू ने मुँह पर हथेली रख ली।

'ज़ाहिर आपके लिए होगा। आपकी अधीक्षिका के लिए, आपके कुलपति के लिए-आयोग के लिए नहीं।'

'मेरा मतलब वो नहीं था सर!'

'तो फिर आपका मतलब क्या था?' चेयरमैन उन्हें घूरने लगे।

'हमारे महान ऐतिहासिक नगर में दलित और गैरदलित, अवर्ण-सवर्ण के आधार पर सोचने का संस्कार नहीं है सर! उसकी एक अपनी परम्परा, अपना तेवर और अपनी आदतें हैं। बड़े-बड़े लोग वहाँ पैदा हुए। वहाँ यज्ञों में आहुति पड़ती थी। वहाँ लोगों ने छूआछूत के खिलाफ़ लम्बी लड़ाई लड़ी। गाँधी जी वहाँ आते थे और चर्खा कातते थे...मेरा मतलब था।' अनिवार्य फ़लाँ पिट्टू ने अपनी समझ से ब्राह्मास्त्र छोड़ा।

'चुप रहिये आप।' चेयरमैन चिल्लाये।

'जी सर?' पिट्ठू सकते में आ गए।

'जिस शहर में एक दलित न्यायमूर्ति के तबादले पर उसकी कुर्सी और चैम्बर को गंगा-जल से धुलवाया जाता हो, उसे महान और ऐतिहासिक नगर कहते हैं आप? और मेरे ही सामने? क्या यह झूठ है? हुआ कि नहीं यह? महान ऐतिहासिक! पवित्र

ऋषियों की तपोभूमि! हवन कुंड...चर्खा! ये पैदा हुए, वो पैदा हुए! किसलिए पैदा हुए? इसी दिन के लिए? शर्म आनी चाहिए आप लोगों को! परम्परा, इतिहास और संस्कार! आहुति में झोंक देने का संस्कार?' चेयरमैन तैश में बोले जा रहे थे।

अनिवार्य फ़लाँ पिट्टू ने चुप रहना ही बेहतर समझा।

'आपसे काम नहीं चलेगा, कुलपति और छात्रावास की अधीक्षिका को खुद हाजिर होना पड़ेगा।' चेयरमैन ने उठते हुए कहा।

[27]

अनिवार्य फलाँ पिट्ठू किड़किड़ करते हुए अपने ऐतिहासिक शहर लौटे। रास्ते भर उन्हें लगता रहा कि इतनी बेइज्जती तो उनकी कभी नहीं हुई। उनका बुली हताहत था। रास्ते में कई जगह गाड़ी रुकवा कर उन्होंने तरह-तरह के ताम्बूल सेवन किए—मगही, देसी, कँकेर। अलग-अलग नम्बरों के ज़र्दे भुरभुराये, तरह-तरह से थूका, लेकिन अपमान का ज़ायका बद से बदतर होता गया। लौट कर उन्होंने बॉस यानी कुलपति यानी डॉ. शोध और सायटिका को रपट दी। मन में बहुत खींचातानी के बाद उन्होंने तय कर लिया था कि मामले को आगे कैसे रफ़ा दफ़ा करना है। 'अनुसूचित जाति-जनजाति आयोग के चेयरमैन डॉ. छागला को दलितवाद का कुछ ज़्यादा ही नशा चढ़ा है। नौकरशाही की बदबू अभी भी भभका मार रही है सर, 'उन्होंने कुलपति जी से कहा, 'वह मानेगा नहीं और फाँस कर रहेगा। बेहूदा है। कहता है, प्रोफ़ेसर इन्सान नहीं होते। अब ब्राह्मण होना गुनाह कैसे है सर! हम पैदा हो गए तो हम क्या करें। अब यह तो अपने-अपने विश्वास हैं, आस्थाएँ हैं। माननीय न्यायमूर्ति जी ने दलित न्यायमूर्ति जी की कुर्सी और कमरा धुलवाया तो यह अपमान कैसे हो गया? यह तो धरम-करम की बात है सर! मेरे पिता जी तो अपनी छड़ी को भी प्रतिदिन स्नान कराते थे। जिस अँगोछे से पैर पोंछते थे, उससे मुँह कभी नहीं पोंछते थे सर! छागला अपने पैर वाले अँगोछे से हमारा मुँह पोंछना चाहता है सर! हाजिर होते ही बोला, 'जाओ पहले पान थूक कर आओ।' पान थूक कर मैं कभी ठीकठाक बोला हूँ सर? लेकिन मैंने बहुत बचाया। अपने शहर की बड़ाई की तो बोला, 'चुप रहो जी, छूआछूत उत्तर भारत में तुम्हारे ही शहर से शुरू होती है।' अत: मेरी पक्की राय है कि महामहिम के दौरे के पहले इस काँटे को निकाल फेंकिए। आयोग को रिपोर्ट दे दी गई। हमारे लिए तर्क बनता है। रिपोर्ट लड़की को बाहर फेंकने के लिए काफ़ी है सर! बस, आप लड़की

को एक नोटिस भेजिये और कुलानुशासक को बोलिए, तुरन्त कार्यवाही करें। विदेश जाने से पहले आप इस झंझट से मुक्त हो जाइए सर! आपके शोध में इस तरह की टुच्ची बाधाएँ नहीं आनी चाहिएँ। कहाँ न्यूकिलियर फ़िज़िक्स और कहाँ एक दलित लड़की का टंटा-सुअरी का गुह, न लीपे लायक, न पोते लायक।' अनिवार्य फ़लाँ पिट्टू ने पानदान सलीके से खोला और कुलपति जी के आगे बढ़ाया।

'नहीं, शुक्रिया।'

पिट्ठू ने दो गिलौरियाँ एक साथ मुँह में दबाईं।

'लेकिन महामहिम तो छात्रा से मिलने को उत्सुक हैं।' कुलपति जी बोले।

'इसकी नौबत ही नहीं आएगी सर!' पिट्ठू ने कहा।

'कैसे?'

'वक्त आने पर,' पिटू ने हाथ के इशारे से बॉस को आश्स्त किया, 'गुन्ताड़ा है मेरे पास। कभी ख़ाली नहीं जाएगा सर!' पिट्ठू की पान में घुली हुई प्रसन्नचित्त वाणी गूँजी।

[28]

दूसरे दिन लड़की के नाम कुलपति की नोटिस तामील हुई। मज़मून बड़ा सटीक और दिलचस्प था :

सुश्री...

कमरा नं.—30

मृदला साराभाई छात्रावास

फ़लाँ विश्वविद्यालय

आपके द्वारा दिनांक...सन् 2000 ई. को महामहिम कुलाधिपति को प्रेषित शिकायती पत्र, जिसकी एक प्रति आपने मुझे भी 'त्वरित कार्यवाही हेतु' भेजी है, पर मैंने दो जाँच समितियों का गठन किया था, जिसमें एक समिति महिला प्रकोष्ठ की है और दूसरी विश्विद्यालय के प्राध्यापकों की है। प्राध्यापकों की समिति में एक पूर्व अधिष्ठाता, छात्र-कल्याण, एक पूर्व संरक्षिका, आपकी अधीक्षिका और एक दलित अध्यापक थे।

आपने मृदुला साराभाई छात्रावास की अधीक्षिका एवं उनके पति पर निम्नलिखित अरोप लगाये हैं :

(अ) अधीक्षिका ने आपको किसी व्यक्ति के साथ जीप में बाहर भेजने की ज़ोर-ज़बर्दस्ती की।

(ब) अधीक्षिका के पति डॉ शार्दूल विक्रम सिंह ने मृदुला साराभाई छात्रावास में आपके अवैध निवास के लिए दस हज़ार रुपये माँगे और न दे सकने पर 'कुछ और दो' की माँग की।

(स) अधीक्षिका ने पुलिस बुला कर आपको आधी रात धमकाया।

(द) मृदुला साराभाई छात्रावास में आपका सामाजिक वहिष्कार करके अधीक्षिका ने आपको भयानक मानसिक यंत्रणा देने का अपराध किया।

दोनों समितियों ने विस्तृत जाँच के बाद पाया, जिसमें आपने अपना पक्ष भी स्वतंत्रतापूर्वक रखा, कि आपके द्वारा लगाये गए सारे आरोप बेबुनियाद हैं। आप अपने आरोपों के समर्थन में कोई भी साक्ष्य प्रस्तुत नहीं कर सकीं। आपके द्वारा अपने समर्थन में जिन छात्राओं के नाम गिनाये गए हैं, महिला जाँच समिति के सामने उनके द्वारा दिए गए बयान आपके आरोपों की पुष्टि नहीं करते।

1. दोनों समितियों का निष्कर्ष है कि आप धौंस और धमकी के बल पर दलितवाद का नारा देकर मृदुला साराभाई छात्रावास में अवैध रहना चाहती हैं।
2. आपने अधीक्षिका और उनके पति डॉ. शार्दूल विक्रम सिंह पर अत्यन्त ग़लीज़ और बेबुनियाद आरोप लगाकर गम्भीर अनुशासनहीनता की है।

समितियों की रिपोर्ट के आधार पर आपको निम्नलिखित आदेश दिए जाते है।

प्रथम— आप दिनांक...सन् 2000 ई. तक मृदुला साराभाई छात्रावास का कमरा नं. 30 खाली कर देंगी।

द्वितीय—कमरा खाली करने के एक दिन पहले आपको अपना लिखित स्पष्टीकरण मुख्य कुलानुशासक को देना पड़ेगा कि मृदुला साराभाई छात्रावास की अधीक्षिका एवं उनके पति के प्रति गम्भीर, असत्य एवं अत्यन्त तकलीफ़देह आरोप लगाने के लिए आपके विरुद्ध अनुशासनात्मक कार्यवाही क्यों न की जाए?

डॉ. शोध और सायटिका
कुलपति
फलाँ विश्वविद्यालय

प्रतिलिपि :

1. डॉ. रामधारी मिश्र-(मुख्य कुलानुशासक),

2. डॉ. रत्नशंकर पांडेय-(अधिष्ठाता, छात्र-कल्याण),
3. डॉ. श्रीमती सुवर्णरेखा पाठक-(संरक्षिका),
4. डॉ. श्रीमती महिष्मती सिंह-(अधीक्षिका)।

[29]

तो यह 'त्वरित कार्यवाही' थी। कार्यवाही कारस्तानी में बदल गई थी। लड़की के लिए फिर वही फेरा था। फिर दौड़-भाग, फिर ज्ञापन। सिर्फ़ उसकी विषय-वस्तु में किंचित् अन्तर था। नए ज्ञापन में दोनों जाँच समितियों की कारस्तानियों का ज़िक्र था और संलग्नक के रूप में कुलपति जी का पत्र प्रेषित था। ज्ञापन में कहा गया था कि यूनिवर्सिटी प्रशासन से अब किसी भी तरह का न्याय मिलने की उम्मीद नहीं है, अत: कुलपति के आदेश को तुरन्त निरस्त करवाने की कृपा की जाए। ज्ञापन फिर उन्हीं महान लोगों को भेजा गया था। मनोज की सलाह पर लड़की ने एक और प्रतिवेदन तैयार किया, जिसमें पहले के सारे प्रतिवेदनों का सार-संक्षेप समेटते हुए, प्रस्तुत ज्ञापन का विवरण था। यह प्रतिवेदन महामहिम राष्ट्रपति और माननीय प्रधानमंत्री को एक साथ भेजा गया। इसमें अद्यतन सारे प्रतिवेदन, प्रार्थना-पत्र संलग्नक के रूप में नत्थी थे।

कुलपति के पत्र के अनुसार छात्रावास छोड़ने में केवल पाँच दिन बाकी थे। मनोज ने कहा कि सीधे प्रदेश की राजधानी चलते हैं। खरें भेजने से कुछ नहीं होगा, कुछ लोगों से सीधे मिलते हैं। जैसे कि महामहिम राज्यपाल और कुलाधिपति, माननीय मुख्यमंत्री, अनुसूचित जाति-जनजाति आयोग के चेयरमैन और पार्टी सचिव। सूची में कुछ और नाम थे—कोई मौर्या नामक मंत्री, कोई राजभर और बसपा की उपाध्यक्ष सुश्री मायावती। कोई क्रम तय नहीं था लेकिन पहले नम्बर पर महामहिम थे। अगर वे समय दे देते हैं और हमारी गुहार सुन लेते हैं तो फिर कहीं जाने की ज़रूरत नहीं पड़ेगी। वे भुँइसारे की गाड़ी से रवाना हुए और ऑफ़िस टाइम से पहले ही राजधानी में थे। सबसे पहले वे राजभवन पहुँचे। सड़क पर लगे कार्यालय से पता चला कि मिलने का वक्त दो घंटे बाद शुरू होता है। तभी भीतर परिसर में जाने का पास बनेगा। वे सड़क की एक पुरानी पुलिया पर घने पेड़ों की छाँव में बैठे इंतज़ार करते रहे। दो घंटे बाद पता चला कि महामहिम को उच्च रक्तचाप है, अत: अगले चार दिनों

के लिए सभी कार्यक्रम स्थगित हैं। तब वे आयोग के चेयरमैन डॉ. छागला के यहाँ पहुँचे। उन्हें नया प्रतिवेदन अभी नहीं मिला था। मनोज ने झटपट एक छाया-प्रति उन्हें थमाई। चेयरमैन उस ज्ञापन और संलग्नक को हैरान होकर पढ़ते रहे। उन्होंने कहा कि तत्काल संज्ञान लेते हुए वे कुलपति और अधीक्षिका को फ़ौरन तलब करते हैं। लड़की ने चलते-चलते फिर वही घिसा-पिटा वाक्य दुहराया, 'आप ही मुझे न्याय दिला सकते हैं।' डॉ. छागला अपने दोनों हाथों की उँगलियाँ एक दूसरे में फँसाकर लड़की को चुपचाप देखते रहे। वे एक पढ़े-लिखे, भावुक व्यक्ति थे। एक ज़माने में उनका एक कविता-संग्रह भी छपा था। उसी विह्वल, भावुक जगत में उतरते हुए उन्हें लकड़बग्घों के झुंड दिखाई देते रहे। क्या वह किसी अभयारण्य की स्मृति थी, जो उन्होंने अपने बच्चों के साथ पिकनिक में देखी थी? वैसे ही उँगलियाँ फँसाये हुए उन्होंने लड़की के प्रणाम का जवाब दिया।

मुख्यमंत्री निवास पर पता चला कि मुख्यमंत्री जी चउहड़ उखड़वाये हुए हैं और एक ही करवट पड़े हैं। दरबार बन्द है। मौर्या और राजभर मिले नहीं। वहाँ से वे बसपा कार्यालय पहुँचे। काफ़ी अमला --फैला था और उन्होंने लड़की की तरफ़ बिना ध्यान दिए खानापूरी कर ली। लड़की ने कहा कि, 'इसे दिल्ली भेज दें, शायद मैं बच जाऊँ।' इस पर सम्बन्धित कर्मचारी ने बिना सिर उठाये कहा कि 'भेज दिया जाएगा।' तभी चपरासी कई सारे लाई चना के खोखे ले कर आया और सभी लोग अपनी कुर्सियों से उठ कर एक बड़ी मेज़ के सामने इकट्ठे हो गए। कई खोखे एक ही जगह कुरै दिए गए और कर्मचारियों का लंच टाइम शुरू हो गया। अब वहाँ राजनैतिक किस्से-कहानियों का बाज़ार गर्म था।

[30]

पार्टी कार्यालय को पहले से ही सूचना थी। सचिव ने राज्य कमेटी के एक सदस्य को सुपुर्द कर दिया था। वे दोनों जब कार्यालय की इमारत में घुसे तो वहाँ अजीब मनहूसियत छाई हुई थी। काफ़ी पुराना खंडहरनुमा मकान था। लगता था वर्षों से रख-रखाव पर कोई ध्यान नहीं दिया गया। लड़की के ऐसा कहने पर मनोज ने कहा कि 'हमारी पार्टी के पास सेठों का अनुदान नहीं आता। उसमें माफ़िया नहीं हैं, पढ़े-लिखे लड़ाकू लोगों की पार्टी है या किसान-मजदूरों की।' लड़की चुप। सामने बरामदे से जब वे अन्दर घुसे तो पूरे बरामदे में ऊपर काले-काले जाले भरे हुए थे। लड़की

की आँखें बरबस उठ गईं। एक बासी ठंडापन सर्वत्र व्याप्त था। अन्दर अगल-बगल के कमरों में कॉमरेड लोग पुरानी जर्जर मेज़ों पर झुके हुए अपने काम में व्यस्त थे। हर आदमी घिसा, कुँम्हलाया, निर्विकार और निश्चिन्त था। सदियों से वे इसी तरह कर्मरत थे। बाहर धूप थी, गर्मी थी लेकिन भीतर घुसते ही एक सीलन भरी ठंड। मनोज ने कॉमरेड-कॉमरेड उच्चरित करते हुए कई लोगों को सलाम ठोंका। जवाब में सूजी हुई, अनुभवी-वीरान आँखें उठीं और सूखे-पपड़ियाए होठों पर एक नामालूम सी मुस्कुराहट। एक कमरे से होते हुए वे मकान के पिछवाड़े वाले हिस्से में गए, जो एक लम्बा-चौड़ा बरामदा था। बरामदे में एक बड़ा-सा तखत और उसके इर्द-गिर्द चार-पाँच टिन की कुर्सियाँ पड़ी थीं। तखत से टिका हुआ एक अधेड़ आदमी फ़र्श पर बैठा सब्ज़ियाँ काट रहा था। उसके सामने धुले हुए आलुओं का ढेर था। उसने आँख उठा कर उन दोनों को देखा और मुस्कुराया।

'कैसे हो घल्लू?' मनोज ने पूछा।

घल्लू ने आँखें उठाईं और मुस्कुराया।

'बैठो।' मनोज ने लड़की को इशारा किया और ख़ुद भी बैठ गया।

थोड़ी देर बाद प्रभारी हड़बड़ाये हुए आए। उनके हाथों में अख़बार का पुलिंदा था। वे तखत पर चढ़ कर बैठ गए। पहले उन्होंने अख़बारों को इधर-उधर पलटा, फिर परे डाल दिया। अब वे लड़की की ओर मुखातिब हुए। लड़की ने बिना किसी भूमिका के पूरा किस्सा बयान किया। बेहतर जानकारी के लिए उसने प्रतिवेदनों की एक फ़ाइल-प्रति आगे सरका दी।

'तुम हमारे छात्र संगठन में हो?' प्रभारी ने सब कुछ सुनने के बाद पूछा। 'नहीं सर!' लड़की ने कहा।

'काम क्यों नहीं करतीं?' प्रभारी ने कहा।

'उससे क्या होगा सर?' लड़की की कुछ समझ में नहीं आया।

'तुम एक हिम्मतवर लड़की हो।' प्रभारी ने कहा।

लड़की चुपचाप उन्हें देखती रही।

'क्यों मनोज?'

'हाँ कॉमरेड!' मनोज अस्त-व्यस्त था।

'दोपहर का खाना कुछ बचा है घल्लू?' प्रभारी ने घल्लू से पूछा।

'तीन जनों ने नहीं खाया।' घल्लू ने कहा।

‘क्यों?’

‘हमें क्या पता!’

‘तुम लोग खाना यहीं खा लो न।’ प्रभारी ने लड़की और मनोज से कहा।

‘कॉमरेड, हम लोग खाना खा चुके हैं।’ मनोज लड़की की ओर देखता हुआ झूठ बोला।

‘पूछ लिया करो घल्लू, इतना खाना बर्बाद जाएगा।’ प्रभारी ने उठते हुए कहा।

‘कुछ करिये सर, मेरे साथ इतना अन्याय हुआ!’ लड़की ने कहा।

‘सो तो है, सो तो है।’ प्रभारी ने कहा। वे अन्दर चले गए।

‘बाहर चल कर कुछ खाते हैं।’ मनोज ने लड़की से कहा।

घल्लू ने अपने घुटने पर चेहरा टिकाये उन दोनों को देखा और मुस्कुराया।

‘जो अपने कार्यालय का जाला नहीं साफ़ कर सकते, वे देश का जाला क्या साफ़ करेंगे!’ लड़की ने उस लाल खँडहर से बाहर आते हुए कहा।

मनोज केवल हँसा-सिर्फ़ हल्के से।

सचिव अपने कमरे में बैठे थे। राज्य कमेटी के तीन-चार सदस्य और मौजूद थे। सचिव के कमरे में ही बैठक हुई और प्रभारी ने अपनी रिपोर्ट पेश की। थोड़ी-बहुत बातचीत हुई, फिर सभी लोग सचिव महोदय का मुँह ताकने लगे। तब सचिव महोदय ने अपना निर्णयात्मक विचार रखा। ‘कॉमरेड शार्दूल विक्रम सिंह हमारे सोधे और साधे हुए कॉमरेड हैं। पार्टी के पास आज तक उनकी कोई शिकायत नहीं आयी। कॉमरेड गुप्ता के माध्यम से मामले की पूरी फ़ाइल उन्होंने पहले ही भिजवा दी है। उनकी लेवी भी अद्यतन जमा है। छात्र संगठन ने भी उनके ख़िलाफ़ कोई आवाज़ नहीं उठाई। यह दूसरी बात है कि शिक्षक-मोर्चे पर उन्होंने कोई काम नहीं किया, लेकिन इस आकलन का इस मामले से कुछ लेना-देना नहीं है। गुरु जी ने भी उनकी कभी कोई शिकायत नहीं की। जहाँ तक कॉमरेड रामानुज मौर्या या अश्विनी पासवान की बात है, उन्होंने भी अपने साथ हुए दुर्व्यवहार की कोई लिखित रिपोर्ट जिला-कमेटी या राज्य कमेटी को नहीं भेजी। फिर मामला सीधे कॉमरेड शार्दूल विक्रम सिंह का नहीं है, उनकी पत्नी का है। उनकी पत्नी अधीक्षिका हैं और वे कभी पार्टी सदस्य नहीं रहीं। केवल कॉमरेड मनोज पांडेय के कहने पर हम अपने इतने वरिष्ठ और

कामिल कॉमरेड पर कोई कार्यवाही नहीं कर सकते। कॉमरेड मनोज हमारे छात्र संगठन से आते हैं। उनका कैरियर अभी मेकिंग में है, बाद में वे क्या रुख़ लेते हैं, कब तक पार्टी में बने रहते हैं, इसे देखना होगा। और हो सकता है कि मनोज पांडेय का कोई निहित स्वार्थ हो, 'इस पर सचिव महोदय की आँखों में एक अप्रत्याशित चमक और होठों पर एक प्रशान्त मुस्कुराहट खिली, 'प्रभारी महोदय ने यह भी बताया कि लड़की हमारे छात्र संगठन की सदस्य भी नहीं है और उसने काम करने की कोई इच्छा भी नहीं जताई। ऐसे में एक सामान्य नागरिक के कहने पर हम अपने सोधे हुए कॉमरेड को कोई चेतावनी-पत्र भी कैसे दे सकते हैं! बल्कि मैंने तो अपने विधान सभा सदस्य को यह फ़ाइल सौंपने की सोची है, ताकि अगर सदन में कोई मामला उठे तो हमारी तरफ़ से उसका माकूल जवाब दिया जाए। हाँ, कॉमरेड मनोज पांडेय पर आँख रखने की ज़रूरत है, और मैं चाहता हूँ कि नवीनीकरण के वक्त मुझे याद ज़रूर दिलाया जाए।

और वक्त ऐसा है जिसमें पार्टी बनाम दलित के लफ़ड़े में हमें नहीं फँसना चाहिए। हम दलितों के पक्षधर हैं, लेकिन पार्टी बनाम दलित में हम पार्टी का हित पहले देखेंगे। और मामला सार्वजनिक हुआ तो इसमें पार्टी का अहित है। वैसे भी दलितवाद ने पार्टी का कम नुकसान नहीं किया है। फिर यह एक मामूली सी झिक् झिक् है। लड़की ने इसे अपनी इज्ज़त और ईगो का सवाल बना लिया है। पार्टी-पॉलिसी से इसका कुछ लेना-देना नहीं। अत: इस मामले को यहीं दफ़न समझा जाए।' सचिव महोदय ने अपनी बात ख़त्म की।

[31]

लड़की और मनोज पार्टी कार्यालय से बाहर निकले और एक रेस्त्राँ में बैठ कर खाना खाया। उन्हें शाम की गाड़ी से लौटना था और अभी काफ़ी वक्त था। रेस्त्राँ से निकल कर वे सामने वाले विस्तृत मैदान में जा कर बैठ गए। बातें करने को अब कुछ नहीं था। पार्टी कार्यालय में दीवारों से फंगस की तरह लिपटे जाले, अनुसूचित जाति-जनजाति आयोग के चेयरमैन डॉ. छगला की गुँथी हुई उँगलियाँ, मुख्यमंत्री के चउहड़ से बहता हुआ खून, महामहिम की उच्च रक्तचाप से सूजी हुई पलकें और घने पेड़ों की छाँव में, निर्जन पुलिया के नीचे हलहला कर बहता हुआ सीवर का पानी—यह पूरा दृश्यपटल था। लड़की ने अपनी आँखों के सामने उड़ती हुई

कालाज़ार की एक मोटी हरी मक्खी को हाथों से उड़ा कर दूर भगाया। धूप में गर्मी थी लेकिन हवा में ठण्डक। और इन सबके सामने गाँधी जी की विशाल, छड़ी धारे प्रतिमा झुकी हुई खड़ी थी। उनके होठों एक अजब-सा विद्रूप था, जो कलाकार का कमाल था या देखने वाले के भीतर की झाँकी थी, कहा नहीं जा सकता। लड़की ने घूम कर बगल में बैठे हुए मनोज को देखा और देखती रही।

'क्या बात है?' मनोज ने पूछा।

'तुम मेरी मदद क्यों कर रहे हो?' लड़की ने एकाएक पूछा।

'कुछ नहीं...बस, यों हीं।' मनोज ने अटपटे ढंग से कहा।

'यों हीं क्यों?' लड़की ने फिर सवाल फेंका।

'सिद्धान्त की बात है। और एक नैतिक मुद्दा है।' मनोज ने कन्धे हिलाये। 'यह नैतिक मुद्दा किसी के लिए भी हो सकता था?' लड़की ने पूछा। 'शायद हाँ... शायद नहीं।' मनोज ने कहा।

'नहीं क्यों?'

'क्योंकि सारी दुनिया का ठेका मैंने नहीं ले रखा है।'

'यानी नैतिक मुद्दा मेरे या मेरी बहन के कारण है, जिन्हें तुम जानते हो?' लड़की ने कहा।

'बेशक।'

'नहीं तो नहीं भी होता?'

'हो सकता है।'

'यानी कि नैतिक मुद्दा नितान्त व्यक्तिगत है?'

'ओफ़!' मनोज के मुँह से निकला।

ओफ़ क्या, कोई और लड़की इस तरह की स्थिति में फँसी होती तो तुम इस मामले को उठाते?'

'क्यों उठाता मैं? मैं गाँधी जी नहीं हूँ।'

'तब तुम एक सच्चे और खरे इन्सान हो। तुम सार्वजनिक नहीं हो। तुम किसी कार्यकर्ता की भूमिका में नहीं हो, यही ग़नीमत है। यह तुम्हारा निजी, बिलकुल निजी मामला है—दोस्ती का तकाजा।' लड़की ने कहा।

मनोज ने बेबसी से लड़की को देखा।

'देखो...मुझे इस तरह से मत देखो, और सुनो।' लड़की ने कहा।

मनोज वैसे ही देखता रहा।

'मैं थक चुकी हूँ, मुझसे अब और नहीं होगा। सुन रहे हो कि नहीं?' लड़की बोली।

'सुन रहा हूँ।' मनोज ने नीचे देखते हुए कहा।

'मैं तुम्हारी दोस्त बन कर नहीं रहना चाहती, इसमें बड़े घपले हैं।' लड़की ने कहा।

मनोज ने जैसे दहशत में लड़की को देखा।

'मैं तुमसे ब्याह करना चाहती हूँ और सब कुछ से भाग जाना चाहती हूँ।

'मनोज अपनी उँगलियों से घास को कुरेदने लगा।

'बोलो साफ़-साफ़।' लड़की ने कहा।

'क्या बोलूँ?' मनोज ने कहा।

'जो तुम्हारे मन में हो।'

'इस तरह से कभी सोचा नहीं।

'सोच कर देखो।'

'मेरे पिता जी बूढ़े और पुराने ख़यालात के हैं। उन्हें मुझसे न जाने क्या-क्या आशाएँ हैं।' मनोज ने लड़की को यों देखा, जैसे कह रहा हो, सब कुछ समझती तो हो।

'तुम पिता जी से बात तो कर सकते हो।' लड़की ने कहा।

'नहीं कर सकता।' मनोज ने सिर नीचा किए किए कहा।

अगर मैं छवि चतुर्वेदी होती?' लड़की ने कहा।

मनोज ने सिर्फ़ उसे देखा।

'ठीक है, जाने दो।' लड़की उठ खड़ी हुई।

'मुझे समझने की कोशिश करो।' मनोज भी उठा।

'चलते हैं स्टेशन।' लड़की मुस्कुराई।

[32]

अपने शहर लौटकर सबसे पहला काम था कुलपति के आदेश को स्थगित करवाना। लड़की सब जगह भटक चुकी थी। कैसे सम्भव था? दुनिया में इतने महान मसले हैं! किसको फ़ुर्सत है? प्रधानमंत्री को, महामहिम राष्ट्रपति को? मनोज ने सारे ज्ञापन इसलिए भिजवाये थे कि कभी-कभी संयोग से तुक्का भी लग जाता है। वहाँ से एक पत्ता भी खड़का और सबकी सिट्टी-पिट्टी गुम हुई। लेकिन पत्ता खड़के तो कैसे? क्या इस देश में अब कोई दरवाजा नहीं खटखटाया जा सकता? क्या बचने का केवल एक ही रास्ता है—केंचुए की तरह आगे-पीछे, दाँएँ-बाँएँ घिसटना? क्या यह हमारे देश का एक सर्वमान्य, सामान्य नैतिक नियम बन गया है? क्या इसी के बल

पर इतिहास रचा जाता है, संस्कृतियाँ बनती हैं, हम गर्व से सिर तान कर चलते हैं? क्या है वह, क्या है, जहाँ कायरता जीवित रह पाने का मूल मंत्र है? और हर कोई, हर दूसरे से इस बात को छिपाता है। क्या आपको मारने के पहले सारे आरोप और सारे सवाल पर्दे के भीतर उस शाही शामियाने से नहीं आते, जहाँ से यह तय है कि जवाब कुछ भी हो, अन्ततः तुम्हें मरना ही है?-लड़की ने कमरे में ताला लगाया, यूनिवर्सिटी परिसर से होती हुई बाहर निकली, अपना एक और प्रतिवेदन बिना मनोज की मदद के टाइप करवाया।

ट्रेन से लौटते हुए अचानक उसे सूझा था। उसके क्षेत्र के सांसद स्थाई तौर पर इसी शहर में निवास करते हैं। उनका कस्बा बूढ़ा और जर्जर और गरीब लोगों की मूर्खताओं से भरा हुआ है। वे कभी रहना नहीं सीखेंगे। सुअरों के संस्कार हैं उनके—ऐसी बातें अक्सर सांसद महोदय अपने पुराने लफंगे दोस्तों की महफ़िल में करते हैं। इसीलिए उन्होंने इस बौद्धिक और पवित्र शहर को अपने स्थायी निवास के लिए चुना। यह शहर उन्हें बड़ा प्यारा, खुलाखुला लगता है। तिकड़म के लिए वक्त और जगह है, चाहो तो शान्ति, चाहो तो शोर—दोनों का संगम है। पता नहीं मनोज को या उसकी बहन को क्यों नहीं सूझा? लड़की ने सांसद-निवास के लिए रिक्शा लिया।

सांसद महोदय की उम्र मुश्किल से पैंतिस पार थी लेकिन वज़न एक क्विंटल से ज्यादा था। कुर्ता-पायजामा और सदरी में कसा हुआ उनका हर अंग लगता था कि अभी फट कर लद्द-से गिर पड़ेगा। उनके गाल दोनों दिशाओं में फूले हुए थे और माथा सँकरा था। ठुड्ढी से कंठ तक एक बड़ी-सी थैली हलर-हलर करती झूलती रहती। अगर वे राजनीति के थार में रास्ता भूल जाँय तो भी कोई फ़र्क नहीं पड़ेगा। वे अपनी इस थैली में इतना माल-पानी बटोर लिए हैं कि पुनः नखलिस्तानों तक लौटने तक काम आसानी से चल जाएगा। सांसद महोदय अविवाहित थे। घर में बस वह और उनकी माता श्री। लेकिन कोड़ियों की संख्या में नौकर-चाकर, अंगरक्षक, कमांडो, गॉर्ड, बूढ़े और वरिष्ठ गुरु-तुल्य नेता-उनके घर के शाश्वत निवासी थे। सांसद महोदय जब इस शहर में पढ़ने आए तभी एक मुच्छैड़ संघी ने उन्हें पकड़ लिया। वह रोज़ सुबह-सवेरे साइकिल ले कर उनके कमरे पर पहुँच जाता। उसी मुच्छैड़ से पहली बार उन्हें 'मातृभूमि' का अर्थ मालूम हुआ। कुछ वर्षों बाद मुच्छैड़ उन्हें हेडक्वार्टर ले गया और तीर्थ करा लाया। इस तरह अमृत छकने में उन्होंने तेरह वर्ष का दीर्घ काल बिताया और अब के तीस के थे। तभी एक रात उन्हें सोते-सोते इल्हाम हुआ कि इस सीधी लाइन से तो वे भी अधिक से अधिक मुच्छैड़ ही बन सकते हैं। क्या फायदा? इतनी तपस्या करो, झूलो और अन्त में पाओ कि घुटनों में

गठिया है, जाँघों में गोश्त नहीं और हाफ़-पैंट पहने हाथों को छाती पर ताने हैं। नहीं, बिल्कुल नहीं। तब उन्होंने अपने लोगों के साथ रणनीति तय की और नगर के सबसे बड़े मुसलमान गुंडे को उसी के रेस्त्रों में घेर कर दिन-दहाड़े गोलियों से भून दिया। राजनीति तय हो गई। चाहे दलित हो, पिछड़ा हो, मुसहर हो, डोम हो, कायथ-कुर्मी हों, बनिए—बक्काल हों, ठाकुर-बाँभन हों—हिन्दू सब हो गए। भैया जी रेकॉर्ड मतों से विजयी हुए। और अब, जब संसद में उनके बड़े-बड़े वक्ताओं की बोलती बन्द हो जाती है, तब यह उन्हीं का बूता है कि अपनी हलर-हलर झूलती उस लर में भरे हुए जद्‌द-बद्‌द शब्दों से प्रजातंत्र की ऐसी-तैसी करते हुए सबको चुप करा सकते हैं। अब उनके जीवन का एक ही उद्‌देश्य है—हिन्दुत्व का सर्वान्त विस्तार और विरुद्ध विचारों की हत्या कर रोज़ दफ़नाना।

कटुए, क्रिश्चियन और कम्युनिस्ट, तीनों देशद्रोही हैं—अन्ततः यह उनका और उनकी पार्टी का खुला-छिपा राजनैतिक नारा है।

लड़की यह सब बड़ी-बड़ी बातें नहीं जानती थी। उसने अपने पिता से इतना ही सुन रखा था कि हमारे सांसद जी दलितों के मसीहा हैं। और मैं एक दलित लड़की होने के नाते अपने उद्धार के लिए मारी-मारी फिर रही हूँ।...रिक्शे पर मनोज की जगह ख़ाली थी। इस पूरी भागादौड़ी में यह पहली बार था। लड़की को बहुत अटपटा लगा लेकिन सांसद का निवास नजदीक आ रहा था। उसने इस ख़याल को दिल से निकाला और तन कर बैठ गई। असफलताओं के लिए अकेला जीवन ही काफ़ी है—उसने सोचा। सांसद निवास के चारों ओर सनसनी थी। सड़क पर कई-कई तम्बू गड़े थे और कई-कई सन्तरी ऊटपटाँग किस्म की टेढ़ी-मेढ़ी बन्दूकें काँख के नीचे लटकाये टहल रहे थे। उस सड़क पर आवागमन कम था। लड़की ने चौराहे पर ही रिक्शा छोड़ दिया और उस ओर बढ़ी। उसने काम बताया तो सबसे पहले उसकी भरपूर तलाशी हुई। उसका पर्स रखवा लिया गया और हाथ में कागज थामे वह उस मोखे की तरफ़ बढ़ी जिसके छेद से एक आदमी का चेहरा झाँक रहा था। लड़की ने मोखे में झाँक कर उस आदमी से अपनी व्यथा-कथा कही। आदमी ने अन्दर फ़ोन किया और आदेश मिलने पर अन्दर जाने दिया। अब वह उस महल के विस्तृत परिसर में थी। सीढ़ियाँ चढ़ कर एक बरामदा पड़ा जिसमें लाइन से कुर्सियों पर लोग बैठे थे। लड़की ने उनमें से कुछ लोगों को पहचाना। उनमें कई यूनिवर्सिटी प्राध्यापक थे। यूनिवर्सिटी में जिनके कमरों में घुसते डर लगता था, वे यहाँ लाइन

लगाये, सन्नाटा खींचे बैठे थे, जैसे उनका भी आई. कार्ड खो गया हो। एक तो ऐसे जो अपनी चुटिया और छड़ी पूरा आदि वेदान्त गँठियाये हुए, इस मिथ्या संसार में पिछले सत्तर वर्षों से भटक रहे थे।

सभी लोग सांसद की माताश्री से मिलने आए थे। सभी को मालूम था कि इस वक्त आदरणीय सांसद महोदय एक प्रतिनिधि-मंडल का नेतृत्व करते हुए देश से बाहर हैं। लेकिन मिलना जरूरी था, ताकि सनद रहे। लड़की की बारी लगभग तीन घंटे बाद आयी। पी. ए. ने बताया कि 'आदरणीया माता जी यूनिवर्सिटी के मामलों में दखल नहीं देतीं। और यह ज्ञापन सांसद महोदय को दिल्ली फैक्स नहीं किया जाएगा। माननीय सांसद महोदय इसमें कुछ नहीं कर सकते, क्योंकि शिक्षा राज्यों का मामला है।'

'तब तो राष्ट्रपति और प्रधानमंत्री भी कुछ नहीं कर सकते, क्योंकि शिक्षा राज्यों का मामला है?' लड़की ने जैसे सबको सुना कर कहा।

'वो तो है।' पी. ए. ने कहा।

'तब तो दलित उत्पीड़न और बलात्कार-अनाचार और औरत की इज्ज़त भी राज्यों के मामले हैं?' लड़की ने और ज़ोर से कहा।

लोगों के कान खड़े हो गए और वे भय और आशंका से लड़की को देखने लगे।

'आप इधर आइए-इधर। 'पी. ए. मामले की नजाकत को समझ गया। वह लड़की को उधर ले गया, जहाँ से बरामदा घूमता था।

'आप अपने को समझती क्या हैं? ज़बर्दस्ती हल्ला मचा कर काम करवा लेगीं? कुछ नहीं होगा। सबसे अच्छा यही होगा कि आप अधीक्षिका को चुपचाप रूपये पकड़ा दीजिए...।' पी. ए. ने समझाने के लहजे में धीरे-धीरे कहा।

'और रूपये न हों तो कुछ और देकर इज़्ज़त बचा लूँ?' लड़की ने और ज़ोर से

'ये तो आप जानें।' पी. ए. ने कहा।

'और आप क्या जानेंगे?' लड़की बोली।

'देखिये, अकड़ेंगी तो वे लोग आपकी डिग्री भी छीन लेंगे और आप कुछ नहीं कर पाएँगी।' पी. ए. ने कहा।

'और आप क्या छीन लेंगे?'

'हम आपको उठा कर बाहर फेंक देंगे?' पी. ए. ने लड़की को हाथ से ढकेला, 'चलो यहाँ से, भागो तुरन्त।'।'

लड़की ने पी. ए. का हाथ झटक दिया तो उसने लड़की के बाजू को कस कर पकड़ा और ढकेलता हुआ सीढ़ियों तक ले गया और पीठ पर कस के धक्का

दिया। लड़की सीढ़ियों पर लुढ़कते-लुढ़कते बची। फिर भी अन्तिम दो सीढ़ियाँ उसने एक छलाँग में लाँघों और गिरने से बचने के लिए उसे समतल पर चार-पाँच कदम दौड़ना पड़ा। पी. ए. सीढ़ियों के ऊपर खड़ा खड़ा देख रहा था। कई लोग सकते में उठ कर खड़े हो गए थे।

'दुखी जनता है।' पी. ए. ने लौट कर मिलनार्थियों को मुस्कुरा कर देखा और टिप्पणी की।

[33]

नगर में चौचक सफ़ाई थी। ख़ासकर सर्किट हाउस से ले कर यूनिवर्सिटी तक। यहाँ की सारी मुख्य सड़कों के किनारे गहरे और पक्के छेद बने हुए हैं। जिन दिनों कोई बड़ा राजनेता नहीं आता, मजदूर लोग इन छेदों को धूल-मिट्टी से भर देते हैं। जहाँ किसी आमद की ख़बर मिली, बाँस-बल्ली गिरी, धूल-मिट्टी छेदों से बाहर, तड़ातड़ बल्लियाँ खड़ी, अड़ाल बँधे और जनता उस अड़ाल के बाहर, बल्लियों पर झुकी हुई, अपने प्रतिनिधि के दर्शन हेतु आँखें बिछाये। तो आज भी सड़क के दोनों ओर चूने की सफ़ेद धारियाँ लगी हुई थीं। यह इस शहर का आम चलन है। आए दिन कोई न कोई आता रहता है और अंग्रेज़ों वाला आधा शहर राजमार्ग में बदल जाता है। यहाँ की जनता के लिए नयी बात नहीं। वह नेताओं से ऊबी हुई जनता है। सैकड़ों की संख्या में इस शहर ने नेता और मंत्री पैदा किए हैं। कल तक जो कट्टा लेकर घूमता था, वह आज मंत्री है। सारे कट्टाधारी, पिस्तौलधारी लँहकट लाइन लगाये बैठे हैं। मंत्री होने के बाद विनम्र, संतुलित, विचारवान, नैतिक, गहन-गम्भीर लम्पट साधु। यह शहर चाहे जितना पिछड़ा, अनुर्वर हो, नेताओं के मामले में बहुत उपजाऊ है। एक मुट्ठी बालू उठाइए और ज़ोर से दबाइए। रेत नहीं, भुरभुर भुरभुर नए बालखिल्य हँसते-खिलखिलाते आपको चकित कर देंगे।

'आज कौन आवा में?' एक ठेले वाले ने एक ढाबे वाले से पूछा।

'होई कौनो ससुर।' ढाबे वाले ने ठेले वाले को चाय का गिलास पकड़ाते हुए कहा।

'रोजे त आवत रहत हैं।' ठेले वाले ने चाय सुड़कते हुए निर्विकार भाव से कहा।

'कौनों काम-धाम नहीं सारेन का।' ढाबे वाला बोला।'

तभी महामहिम का पूरा अमला-फैला सड़सड़ाती कारों, मोटर साइकिलों और पुलिस जीप के साथ हू-हू-हू-हू करता हुआ निकला। पचासों गाड़ियाँ हुर्र-हुर्र हुर्र। सड़क की कनपटी पर जैसे चपत—सट्ट-सट्ट-सट्ट। काफ़िला जब निकल गया तो लोगों ने राहत की साँस ली। काफ़िला यूनिवर्सिटी के अन्दर। हालाँकि बुधवार था, फिर भी सन्नाटा। सिर्फ़ पुलिस और कमांडो और जगह-जगह अध्यापकों के झुंड—अगवानी के लिए और काफ़िले में शामिल होने के लिए। एकाएक महामहिम ने गाड़ी रोकने का इशारा किया। सारा काफ़िला आगे-पीछे ठक्। किसी गाड़ी में से कुलपति महोदय उतर कर आए। फिर प्रतिकुलपति, अनिवार्य फ़लाँ पिट्टू, डॉ. शार्दूल विक्रम सिंह, मैम और संरक्षिका। फिर कार्य-परिषद के कई-कई सदस्य। महामहिम अपने अंगरक्षकों और पुलिस से घिरे थे। उन्होंने हाथ के इशारे से सबको हटाया। अब वे दिखे—टिंगने, शान्त और थके हुए।

'पैदल ही चलते हैं।' महामहिम ने अपनी छड़ी से इशारा किया।

'सर!' कुलपति जी बोले।

एक छोटा-सा झुंड आगे बढ़ा। महामहिम इधर-उधर, यूनिवर्सिटी की हरियाली में छिपी इमारतों पर नज़र फिराते हुए आगे बढ़े।

'बड़ी सफ़ाई है! 'महामहिम कुलपति को देख मुस्कुराए।

'सर!'

'पेड़ों की धुलाई भी हो जाती तो और अच्छा होता।' महामहिम बोले।

कुलपति की कुछ समझ में नहीं आया कि वह क्या बोलें।

'साधन नहीं हैं सर!' अनिवार्य फ़लाँ पिट्टू आगे आए।

महामहिम ने अपनी चिरपरिचित वीरान मुस्कुराहट के साथ आँखें उठा कर पिट्टू को देखा, जैसे आप कौन?

'विद्यार्थी नहीं दिख रहे।' महामहिम ने पूछा।

'छुट्टी है सर!' कुलपति जी बोले।

'किस बात की?' महामहिम चलते-चलते खड़े हो गए।

'आपके शुभागमन की ख़ुशी में सर!' अनिवार्य फलाँ पिट्टू ने कहा।

'ख़ुशी?' महामहिम ने उन्हें देखा।

'कानून और व्यवस्था सर!' पिट्टू ने जोड़ा!

'क्या?'

अफ़वाह थी सर! आप जानते हैं आजकल...और यह शहर बिगड़ैल है सर!

छात्र संघ पर सपा का कब्ज़ा है सर! आप तो जानते हैं सर! आप...!'

महामहिम ने हाथ उठाया।

अनिवार्य फ़लाँ पिट्टू की बोलती बन्द।

काफ़िला आगे बढ़ा। जगह-जगह अध्यापकों की जुहार। चियरे हुए होंठ। चुस्त-दुरुस्त, खाये-पिये, चिक्कन। बुद्धि के भंडार को चंडूल में सँजोये-सादर। महामहिम ने मुस्कुराना भी बन्द कर दिया था।

'दुनिया में कितने जोड़ हैं, 'महामहिम ने रुकते हुए कहा, 'कितनी दरारें! पूरी पृथ्वी फटी है। मैं एक कमीशन में गया था। हम तीन जने थे—तीनों राज्य-सभा के सदस्य। वहाँ कोंकण में कोई मिल बन्द थी और आदिवासी मजूर भूखों मर रहे थे। मिल खुली, तब भी मजदूरों को काम मिलना बन्द। इसीलिए कमीशन था। हमने मुआइना किया, देखा-दाखा, पूछताछ की। तो एक तीस-पैंतिस साल की महिला ने कहा, 'आज मैं, भर पेट खाना खा कर गई थी, फिर भी काम नहीं मिला।' यह कुछ अजीब था। कमीशन के तीनों सदस्य एक-दूसरे का मुँह देखने लगे। हमने पूछा, 'कैसे?' तब उसने बताया। जब मिल बन्द हुई, उसकी हाँड़ी में आधा किलो चावल था। पति-पत्नी और दो बालक। जब तक मिल खुल न जाए, उन्होंने चावल बचाने की सोची। वे जंगली पत्ते और न जाने क्या-क्या उबाल कर पीते और जीते रहे। अन्त में मिल खुली। ठेकेदार उन्हें हाँक कर गेट पर दिहाड़ी के लिए ले गया। लाइन लगी, और जब उस औरत की बारी आयी तो दिहाड़ी-मुंशी ने उसे ऊपर से नीचे तक परखा। फिर बोला, 'लाइन से बाहर करो, इतनी हड़ियल है, ये क्या काम करेगी!' तब दूसरे दिन उस औरत नेहाँड़ी का चावल भरपूर पानी डाल कर उबाला, माँड़ पसाया और फिर उसी माँड़ में नमक डाल कर भात में साना और भर पेट भात खा कर गेट पर लाइन में लगी। और फिर वही बर्ताव, 'लाइन से बाहर करो इसे।' भर पेट भात खा कर गई थी, तब भी काम नहीं मिला। उतने भात पर खट जाती दिन-भर उसने सोचा था। लेकिन जिस दिन भर पेट खाओगे, उसी दिन चर्बी तो नहीं चढ़ जाएगी। हड़ियलपना तो दिखेगा ही।' महामहिम ने अपनी पलकें उठाईं, झुंड को देखा और आगे बढ़ गए।

झुंड ने फुसफुसा कर सराहा।

'आप लोग तो रोज़ भर पेट खाते हैं?' महामहिम ने चलते हुए कहा।

झुंड ने शंका में एक-दूसरे की ताकाताकी की।

'जो ज़्यादा खाता है उसको और ज़्यादा भूख लगती है।' महामहिम ने अपनी वीरान मुस्कुराहट फैला दी।

'सर!' कुलपति ने कहा।

'ये क्या है?' महामहिम ने छड़ों और जालियों में जकड़े हुए इमारत के उस हिस्से को देख कर पूछा।

'कुलपति कार्यालय सर!' प्रतिकुलपति ने आगे आ कर कहा।

'आप तो जेल से शासन चलाते हैं।' महामहिम अपने कुलपति को देख मुस्कुराये।

'सर!' कुलपति ने चैम्बर में चलने का इशारा किया।

'कोई बात नहीं आजकल बहुत लोग चलाते हैं।' महामहिम ने जैसे कुलपति को दिलासा दिया।

सभी लोग अन्दर आकर बैठ गए। पहले कमरे में यूनिवर्सिटी के प्रोफ़ेसरान, अधिकारी, ज्ञापनधारी, पुलिस, कमांडो। अन्दर वाले कमरे में महामहिम, उनके प्रमुख सचिव, अंगरक्षक, कुलपति, प्रतिकुलपति, कुलपति का पी. ए. और अनिवार्य फ़लाँ पिट्टू। बहुत सारी फ़ाइलें, समस्याएँ, ज्ञापन, प्रतिवेदन, बहसें-घुर्ची दर घुर्ची दर घुर्ची। प्रमुख सचिव सब कुछ समेटते जा रहे थे। मिलन-जुलन, चेहरा दिखाई। काम ख़त्म, नोटिंग ख़त्म। महामहिम इस घंटे भर के सत्र में बार-बार केवल मुस्कुराते या बीच-बीच में ऊबते हुए हाथ जोड़ते। अब बाहर-भीतर सर्वत्र चाय थी। महामहिम अपनी छड़ी फ़र्श पर टिकाने को झुके तो पिट्टू ने ताबड़तोड़ तत्परता दिखाई। वे छड़ी लेकर आदेश का इंतज़ार करने लगे।

'रख दीजिए नीचे।' महामहिम ने कहा।

'पकड़े रहता हूँ सर!' अनिवार्य फ़लाँ पिट्टू ने कहा।

'रख ही दीजिए।' महामहिम ने कहा।

'सर!' अनिवार्य फ़लाँ पिट्टू ने छड़ी को ज़मीन पर ऐसे टिकाया, जैसे सुई रख रहे हों।

'और वो दलित लड़की वाला मामला?' चाय की घूँट के बीच महामहिम ने एकाएक पूछा।

कुलपति और पिट्टू की आँखें मिलीं—गुन्ताड़ा।

आप लोग कृपा करके बाहर जाएँगे?' कुलपति ने प्रतिकुलपति और पिट्टू से मिलीभगत में कहा। उन्होंने अपने पी. ए. के हाथ से वह फ़ाइल ले ली।

'आप भी।' कुलपति ने पी. ए. को इशारा किया।

'आप बैठिये।' महामहिम ने कहा।

'जी सर!' कुलपति महामहिम के बगल में बैठ कर फ़ाइल पलटने लगे। महामहिम ने उन्हें उसी वीरान मुस्कुराहट से देखा।

'दरअसल सर!' कुलपति भटभटाये।

'हाँ-हाँ।' महामहिम ने कहा।

'यह कम्युनिस्टों की साजिश है सर!' कुलपति ने कहा।

महामहिम ने पीछे खड़े अपने प्रमुख सचिव को देखा, जैसे कह रहे हों, उस दिन लॉन में टहलते हुए मैंने आपको बेकार ही डाँटा था।

'यह जाँच-कमेटियों की रिपोर्ट है सर! लड़की अपना कोई आरोप साबित नहीं कर सकी। कम्युनिस्टों के उकसावे पर यह सब हुआ, और हो रहा है। वे इसे आन्दोलन का रूप देना चाहते हैं। उनके छात्र संगठन हैं, लोकल नेता हैं। उनके बड़े नेताओं का आदेश है कि मामले को आगे बढ़ाते रहो, दबने न दो, विस्फोटक स्थिति तक ले जाओ। इस यूनिवर्सिटी में लफड़ा हो जाए तो प्रदेश की दूसरी यूनिवर्सिटियों में आग फैलते कितनी देर लगेगी। आप तो जानते हैं सर, यहाँ पोलिटिकलाइज़ेशन कुछ ज़्यादा ही है। बाकी यूनिवर्सिटियाँ तुरन्त पीछे लग लेंगी। एल. आई. यू. की रिपोर्ट है सर! और लड़की तो बस, एक मोहरा है।' कुलपति जी चुप हो गए।

महामहिम ने झुक कर अपनी छड़ी उठाई और उठ खड़े हुए।

'ये फ़ाइल है सर!' कुलपति ने फ़ाइल प्रमुख सचिव की ओर बढ़ाई।

'नहीं, उसकी अब कोई ज़रूरत नहीं।' महामहिम ने हाथ इशारे से मना किया।

'सर।' कुलपति ने फ़ाइल अपनी बगल में दबा ली।

[34]

तब से काफ़ी-कुछ घटित हो चुका है।

मनोज ने बड़ी बहन को सारी बातों के बारे में फ़ोन किया। सांसद के घर से लड़की को घसीट कर बाहर किया जाना, कुलाधिपति के दौरे की टाँय-टाँय फिस्स, कुलपति का धमकी भरा पत्र और लड़की के भीतर के गहरे अवसाद की चर्चा। मनोज ने ज़ोर देकर कहा कि इस नाजुक मौके पर उसका आना ज़रूरी है। बड़ी बहन ने कहा कि इस वक्त अगर वह यहाँ से टली तो बड़ी धोती वाले को बहाना

मिल जाएगा और वह तुरन्त उसे दफ़ा कर देगा। जाड़ों की छुट्टियाँ होने वाली हैं और वह महीने भर बाद आती है। वह रूपये भेज रही है और इस बार एफ. आई. आर. की तरह चूकना नहीं है मनोज! कुलपति की धमकी के ख़िलाफ़ तुरन्त कोर्ट चले जाओ। यूनिवर्सिटी उनकी बपौती नहीं है कि जो चाहें कर लेंगे। जाँच-कमेटियाँ उनकी हो सकती हैं, पिम्प हो सकते हैं, पिट्टू हो सकते हैं—कोर्ट उनकी जेब में नहीं है।

बड़ी बहन ने अपनी छोटी बहन से भी फ़ोन पर बात की। उसे सारी बातें और योजनाएँ समझाईं और बहादुरी का नया सबक दिया। लड़की हूँ-हूँ करती रही।

'तुम्हें क्या हो गया है?' बड़ी बहन ने हैरान हो कर पूछा।

'कुछ नहीं दीदी, मैं लड़ लूँगी।' लड़की ने कहा।

'शब्बाश!' बड़ी बहन ने फ़ोन पर कहा।

इसी बीच शासन ने अनुसूचित जाति-जनजाति आयोग पर श्री रामलाल यथार्थ को नियुक्त कर दिया। श्री रामलाल यथार्थ जन्मना दलित लेकिन बचपना शिखाधारी और शाखाधारी—दोनों हैं। उनकी शिखा शासन के चौखट पर गड़ी है और वे ईमानदार आदमी हैं। जिसका खाते हैं उसी का बजाते हैं। वे शार्दूल विक्रम सिंह के शहर के ही निवासी हैं। तो हुआ यह कि अनिवार्य फ़लाँ पिट्ठू एक दिन बालम, यानी शार्दूल विक्रम सिंह को लेकर श्री रामलाल यथार्थ के घर पहुँचे और सारा किस्सा 'अपने अस्तर' से खोल कर खुलासा किया। श्री रामलाल यथार्थ को यह जान कर गहरा धक्का लगा कि लड़का, लड़की का भाई नहीं, बल्कि प्रेमी है और जन्मना सवर्ण है और उसमें भी ब्राह्मण, जो सीधे ब्रह्मा के मुख से पैदा हुआ है। ऊपर से सबसे बड़ी विपत्ति यह कि कम्युनिस्ट। फिर क्या रह गया सोचने-विचारने को? यथार्थ जी ने इसकी रपट डॉ. छागला से की तो छागला साहब को कठिन आत्मिक वेदना पहुँची। इसी आत्मिक वेदना की खलबली को ताड़ते हुए अनिवार्य फ़लाँ पिट्ठू बालम को लेकर एक दिन राजधानी पहुँचे और इस बार बिना पान थूके, शानदार तरीके से चीज़ों और तथ्यों का खुलासा किया। डॉ. छागला ने, फ़िलहाल, केस को मुल्तवी रखना ज़्यादा बेहतर समझा।

लौटते हुए पिट्टू ने बालम से कहा, 'जाओ, मजा मारो अब, लेकिन शहद चाटना हो तो बोरा ओढ़ कर जाना।'

'हें-हें।' बालम ने ट्रेन की खिड़की से बाहर झाँकते हुए कहा।

इसी बीच कुलानुनाशक भी फ़ौज फट्टा लेकर पहुँचे और लड़की से कहा, 'बेटी, अपना सामान बाँध लो।' हॉस्टल के मुख्य द्वार और परिसर में, सड़क पर और उससे भी बाहर भल्ला-चौराहे तक पुलिस ही पुलिस। कुछ लड़कियों ने कहा कि शायद 'रेड' पड़ रही है। इस पर छवि चतुर्वेदी ने कहा कि 'हाँ, मगर सिर्फ़ तीस नम्बर के लिए।' हॉस्टल के बरामदों, गलियारों, और सीढ़ियों और 'आंटी की शॉप' के आसपास हर जगह पुलिस थी। लड़की ने पूछा कि 'गीले कपड़े छोड़ दें' तो कुलानुनाशक जी बोले कि 'नहीं, एक चिथड़ा भी नहीं।' लड़की ने सामान ठँसे-ठाँसे और बैग घसीटती हुई हाँफती, सीढ़ियों पर बैग और अटैची उठाती पटकती नीचे तक आयी। लड़की ने पूछा कि 'रिक्शा बुलवा लें' तो कुलानुनाशक ने कहा कि 'यहाँ नहीं, रिक्शा वहीं —फाटक के बाहर से।' तब दो महिला सिपाहियों ने अटैची पकड़ी और हॉस्टल के मुख्य द्वार के सामने सड़क पर लाकर सलीके से पटक दिया।

बाहर मनोज खड़ा था।

भाग : तीन

[1]

यूनिवर्सिटी के पीछे मीलों में फैली हुई जो पुरानी बस्ती है—जिसमें पुराने खपरैले से लेकर नोना लगी ईंटों के ठण्डे-डिब्बेनुमा गजर-बजर हजारों मकान हैं, लम्बी और सँकरी, बजबजाती गलियाँ, जिनमें धूप खड़ी गर्मियों में कभी-कभी गिरती है, जिनमें सबके चौके की खटपट और छोटे बच्चों का आधी रात चीख़ना और स्त्रियों की बेसुरी, चिंचियाती सनातन लड़ाइयाँ—यहाँ तक कि रात को लोगों के खुर्राटे तक साफ़ सुनाई पड़ते हैं, जिनमें हर आदमी खिड़की से कभी भी बाहर, गली में थूक सकता है; सीवर के ढक्कन-रहित गोल-गोल खोखल और टूटी हुई नालियाँ...रात को नाली के बचे-खुचे पत्थरों पर बैठ कर नशा करते लोग और फ़िल्मी गानों के उड़ते हुए, उखड़े हुए टुकड़े—इन्हीं गलियों-दर-गलियों के भीतर वह मकान था, जिसके नीचे वाले कमरे को मनोज ने किराये पर लिया था। उसी कमरे में ला कर उसने लड़की का सामान रखा, गली में खुलने वाली खिड़की धड़ाम से बन्द की, दरवाज़ा भेड़ा और एक कुर्सी दिखाते हुए लड़की से कहा कि 'बैठो।' लड़की ने कमरे को ऊपर-नीचे देखा, साँस खींच कर सूँघा और कुर्सी पर बैठते हुए हँसी। तभी मकान मालिक दरवाज़ा खोल कर हँसता हुआ अन्दर आ गया। वह एक अधेड़, मोटा और निर्विकार-सा आदमी था।

'सब ठीक है जी?' मकान मालिक ने पूछा।

'ठीक है गुप्ता जी!' मनोज बोला।

'ये तो अपनी लड़की है जी,' गुप्ता जी ने लड़की को देखते हुए कहा, 'बिटिया, कोई भी जरूरत हो तो ऊपर चढ़ जाना और अम्मा जी से कह देना, उन्होंने लड़की से कहा, 'और ये खिड़की बन्द ही रखना, लफंगे गली में टहलते हैं। किसको मना करें जी, बोलते हैं, 'गली तुम्हारे बाप की है', उसने मनोज को देखते हुए कहा,

'हाँ, कभी दस-पाँच मिनट खोल कर हवा ले लेना। और दरवाजा हमेशा बन्द रखना जी! टट्टी उधर पीछे है, जाना तो अपने दरवाजे में बाहर से ताला जरूर-से लगा कर जाना। और हाँ, टट्टी का दरवाजा खटखटा जरूर लेना।...तो मैं चलता हूँ भाई साहब, दूकान खोलनी है।' गुप्ता जी ने कहा और गली में उतर गए।

'यह फ़िलहाल एक गैप-एरेंजमेंट है।' मनोज ने कहा।

लड़की ने सिर्फ़ उसे देखा।

'जगह सुरक्षित है। गली से निकल कर सड़क पर जल्दी पहुँच जाओगी। फिर रिक्शा ले लेना।' मनोज बोला।

लड़की ने उठ कर खिड़की खोल दी।

'क्यों?' मनोज ने कहा।

'अभी तो तुम बैठे हो।' लड़की हँसी।

'और खाने का देखते हैं। पूछते हैं, अगर गुप्ता जी टिफ़िन भी दे दें। नहीं, मैं ले आऊँगा। या स्टोव तो है ही, कुछ करेंगे।

गली में जो भी गुज़रता था, खिड़की में झाँकता ज़रूर था।

'अभी क्या करें?' लड़की ने पूछा।

'अभी से ऊबो मत।' मनोज ने कहा।

'अभी तो बहुत दिन हैं ऊबने के लिए।' लड़की हँसी।

अगला-हिसाब-किताब देखना है। मैं किसी वकील से मिलता हूँ।' मनोज ने कहा।

'मुझे भी ले चलना।' लड़की ने कहा।

इस बार मनोज ने उसे देखा।

[2]

लड़की ने कुलपति की अग्रिम कार्यवाही की धमकी के ख़िलाफ़ उच्च न्यायालय में याचिका दायर की। भारतीय लोकतंत्र में अगर कोई संस्थान है, जिसके प्रति लोगों की अन्तिम आस्था बची है, तो वह है न्यायपालिका। वहाँ तो मिलेगा ही मिलेगा न्याय। माननीय न्यायमूर्ति इस क्षुद्र संसार के लोग नहीं हैं। वे दूसरी दुनिया से आते

हैं। वे असम्पृक्त हैं, मुक्त हैं, सर्वज्ञ और सर्वशक्तिमान। वीतराग और उदासीन, लेकिन न्याय के प्रति सजग और हरदम चौकन्ने। आप कुछ भी कर लीजिए, अन्त में जो होगा वह-न्याय। खुदा का दरवाजा बन्द हो सकता है, माननीय न्यायमूर्तियों का नहीं। उन्हीं के भरोसे हम सब कुछ सह लेते हैं, लड़ते-भिड़ते, थकते-थकाते, मुँह के बल गिरते हैं और आँख उठाते हैं तो पाते हैं कि माननीय न्यायमूर्ति के सामने दुखों, अनाचारों का सघन तर्क-मंडित पुलिंदा पकड़े खड़े हैं।...तो लड़की भी अपनी उसी शाश्वत और तर्क-संकुल घिघियाहट के साथ माननीय न्यायमूर्ति के चैम्बर में खड़ी थी—'आप ही मुझे न्याय दिला सकते हैं।' क्योंकि लड़की को डर है कि हॉस्टल से निकालने के बाद अनुशासनात्मक कार्यवाही के नाम पर उसे यूनिवर्सिटी से भी शंट किया जा सकता है—और वह भी इस आदेश के साथ कि 'छात्रा का ऐडमिशन अगले छ: वर्षों तक देश की किसी भी यूनिवर्सिटी में नहीं हो सकता।'

तो याचिका पर बाक़ायदा सुनवाई हुई और फ़ैसला सुनाया गया।

सत्य और न्याय का पक्षधर होने के नाते यह कहानीकार उस फ़ैसले को जस-का-तस प्रस्तुत करता है

'वादिनी के विद्वान वकील श्रीमान् फ़लाँ को सुना, और श्रीमान् फ़लाँ जो यूनिवर्सिटी की तरफ़ से खड़े थे, उनको भी सुना।

वादिनी कुलपति के फ़लाँ तारीख़ के आदेश, जिसमें उससे कहा गया है कि कृपया, कारण बताएँ कि आप पर अनुशासनात्मक कार्यवाही क्यों न की जाए, से तकलीफ़ज़दा है।

मेरे विचार से इस तरह के आदेश में दख़लन्दाज़ी की कोई ज़रूरत नहीं। अत: याचिका नियमत: खारिज की जाती है।'

तारीख...

दस्तखत—
फ़लाँ
(माननीय न्यायमूर्ति)
उच्च न्यायालय।

[3]

इस आदेश के कई दिनों बाद।

रात है। अँधेरा है। किसी ने गली के बल्ब पर निशाना साधा और झनझना कर टूटने की आवाज़ आयी। उसी के साथ गली में शोहदों की हँसी। बन्द खिड़की की झिरी से जो आती हुई रोशनी थी, वह भी सहसा गुल हो गई। लड़की ने लिहाफ़ को अपने दोनों बगलों में कस कर लपेटा और गुड़ीमुड़ी हो गई। दरवाज़े के बाहर जो मकान के अहाते में खुला हुआ, लेकिन ऊपर से छत वाला सहन है, गली का अधेड़ और पियक्कड़ सुखलाल वहाँ बँसखट डाल सोता है। पहले कहीं और सोता था लेकिन जब से लड़की आयी, वह यहीं डेरा डाले हुए है। दिन को वह बच्चों वाली बँसखट गलियारे में पड़ी रहती है। दिन को सुखलाल न जाने कहाँ गुम हो जाता है। कोई कहता है, बड़ी मिठाई वाले के यहाँ दिन भर कचौरियों के जूठे पत्तल उठाता है और मेजों पर बदबूदार कपड़ा मारता रहता है। रात को वह पीछे वाली तीसरी गली के मोखे पर दाँत चियारे पन्नी के लिए खड़ा पाया जाता है। बाहर अनेक ठेले हैं, जिन पर सफ़ेद अंडे सजे रहते हैं। वहीं लोग खड़े-खड़े ऑमलेट, भुजिया और बन् के साथ पन्नी के सफ़ेद ज़हर को गले के नीचे उतारते हुए ठट्ठा मारते रहते हैं। सुखलाल उनसे अलग वी. आई. पी. की भाँति नाली के मुड्ढे पर चूतड़ टिकाये, आराम से बैठ कर पीता है। उसके पास कुरकुरी कचौरियाँ जो होती हैं। कुत्ते लपकते हैं तो सुखलाल गुर्राता है, हँसता है। खा-पी कर वह अपनी गली में घुसता है। बँसखट बिछाते हुए वह लड़की के बन्द दरवाज़े को घूरता है।

'ठीक है, ठीक है।' वह दरवाज़े को दिलासा देता है।

'लौंडा चला गया...चला गया।' वह बुदबुदाता है।

'लागा झुलनियाँ के धाका बलम कलकाता निकलि गए।' वह सुर लेता है।

'ए सुखलाल!' ऊपर से गुप्ता जी बार्जे पर आते हैं।

सुखलाल ऊपर झाँकता है और हँसता है।

'चुपाओ...चुपाओ।' गुप्ता जी ऊपर से हाथों से इशारा करते हैं।

'काहे?' सुखलाल जैसे बहुत बड़ी समस्या का समाधान चाहता है।

'किरायेदार।' गुप्ता जी इशारा करते हैं।

'आँ?...हाँऽ।' सुखलाल बोलता है।

गुप्ता जी बार्जे का दरवाजा बन्द करते हैं तो सुखलाल फिर गाना शुरू कर देता है। गुप्ता जी फिर बार्जे पर आते हैं तो सुखलाल और ज़ोर से गाना शुरू कर देता है।

'बिटिया...ए बिटिया!' गुप्ता जी जैसे जानते हैं कि लड़की इस बेसुरे कोहराम में जरूर जाग रही होगी, 'सो जाना। ये नसा किए है। सुबेरे उठेगा तो माफी माँग लेगा।' गुप्ता जी दरवाजा बन्द कर लेते हैं।

[4]

मनोज दोनों वक्त टिफ़िन लाता। अक्सर अपने मेस से या यूनिवर्सिटी रोड के ढाबों से। दोपहर ढाई-तीन के बीच और रात को नौ बजे। दोनों अक्सर साथ-साथ खाते। लड़की तश्तरी और रकाबियाँ धो-धा कर रखती। मनोज ने कहा था कि वह तीन बार खटखटायेगा और आवाज़ भी देगा। अक्सर टिफ़िन रखते ही मनोज कहता कि 'खाना तुरन्त लगाओ, बड़े ज़ोरों की भूख लगी है।' लड़की ख़ाली आँखों और छूछी हँसी के साथ टिफ़िन को तितर-बितर करती। खाने के बाद वह टिफ़िन को ऊपर-नीचे कर के सजा देती। मनोज कुछ देर रुकता। वह लड़की के केरियर की बातें करता। कभी-कभी वह संघर्षों की संक्षिप्त गाथाएँ बखानता। वह लड़की को एक बड़े बँगले में नौकरों-चाकरों के साथ कल्पित करता। उसने उसे प्रतियोगी परीक्षाओं के पर्चे और कैलेण्डर ला कर दिए। वह एकतरफ़ा उसके लिए विषयों का चुनाव करता। लड़की को ये बातें बहुत दूर से आती हुई सुनाई पड़तीं। मनोज एक-दो बार लड़की को बाहर भी ले गया। वे किन्हीं विस्तृत, कटे-छँटे लॉनों और नुकीले अशोक के पेड़ों की कतारों के बीच कहीं बैठे रहे, जो न जाने कहाँ और किधर थे। वे एक दिन नदी की ओर भी गए, लेकिन नदी सूखी थी और किनारे पर लाशें जल रही थीं। मनोज तत्काल उसके बाँएँ उस दिशा की ओर हो गया, जिधर वे जल रही थीं और तेजी से सड़क पर चढ़ कर बस्ती के भीतर आ गया।

'जो हारता है, वह न्याय के पक्ष में नहीं होता।' सहसा एक दिन लड़की ने मनोज के साथ टिफ़िन खाते हुए कहा।

'कोई ज़रूरी नहीं।' मनोज ने कहा।

'नियम-कानून से, और दुनिया की नज़र में और इसी तरह जीते हुए जीवन में।' लड़की ने कहा।

'कोई नियम नहीं,' मनोज फिन-फिनाया, 'इस दुनिया का कोई नियम नहीं, और

इसीलिए तो लड़ाई है...जंग है, बलिदान है...इसीलिए।'

'किसीलिए?' लड़की मुस्कुरा रही थी।

तभी दरवाज़े पर ठक्-ठक् हुई।

'कौन?' मनोज ने आवाज़ दी।

'अक्सर होती है।' लड़की ने कहा।

'रास्ते-राहत!' बाहर कोई गली में चिल्लाया।

मनोज ने झपट कर दरवाज़ा खोला और गली में उतरा। दोनों लड़के जूते बजाते, चूतड़ों पर ख़म डालते, सामने से खट-खट खट-खट निकल गए। मनोज उनके पीछे दौड़ा और आगे जा कर खड़ा हो गया। दोनों लड़के रुक गए।

'कौन हो तुम लोग? मनोज ने तैश में पूछा।

'हम लोग?' उनमें से एक ने पूछा।

'हाँ, तुम लोग?' मनोज गली छेंके खड़ा था।

'हम लोग, हम लोग हैं।' लड़के ने कहा।

'अच्छाऽ।' मनोज किचकिचाता रहा।

'अब रास्ता तो दीजिए।' लड़के ने कहा।

मनोज हट गया। वह अन्दर आया और बैठ गया।

'क्या है सब? एँ? क्या है ये?' वह एक अबस गुस्से में बोला।

'कुछ नहीं है, बहुत सामान्य बात है।' लड़की ने कहा।

'यह जगह रहने लायक नहीं है।' मनोज ने कहा।

'अच्छा, अच्छा।' लड़की ने मनाने की शैली में कहा।

'और मुझे बाहर भी जाना है।' मनोज बोला।

'तो चले जाओ।' लड़की बोली।

'मैं गुप्ता जी से पूछता हूँ।'

'कोई ज़रूरत नहीं, तुम बेकार उत्तेजित हो।' लड़की ने कहा।

[5]

दूसरे दिन लड़की यूनिवर्सिटी के लिए निकली। जब वह कमरे का ताला बन्द करके पलटी तो देखा, थोड़ी दूर गली में वही दोनों लड़के दाँएँ-बाँएँ खड़े हैं। उसे हल्का-सा डर लगा। उसके रोएँ स्वेटर के भीतर भी सिहर गए। गली में इक्का-दुक्का

लोग आ जा रहे थे। तभी एक घर से एक औरत निकली और गली में चलने लगी। लड़की ने सोचा, उसी के साथ निकल ले। लेकिन उसने पाया कि सैंडिल पहनना तो भूल ही गई और नंगे पाँव खड़ी है। मजबूरी में उसने ताला खोला, सैंडिल पहना और झटपट बाहर निकली। लेकिन वह औरत तब तक जा चुकी थी। वे लड़के अभी तक वहीं खड़े थे। अब यह तय था कि वे उसी के इन्तज़ार में खड़े थे। गली से एक दूसरी गली भी सड़क तक जाती थी लेकिन उसमें कई छोटे-छोटे मोड़ थे और उधर सुनसान ज़्यादा था। लड़की उधर से कभी निकलती भी नहीं थी। एक बार मनोज उसे उधर से घुमाता हुआ काफ़ी देर बाद सड़क पर निकला तो जिस जगह निकला, वह एक सिनेमा-घर का पिछवारा था। एक पल के अनिर्णय के बाद लड़की उस दूसरी ओर वाली गली में चल दी। दोनों लड़के भौंचक रह गए। थोड़ी देर बाद जब लड़की कई मोड़ घूम कर सिनेमा घर के पीछे पहुँचने ही वाली थी कि उसने पाया कि आगे के मोड़ पर वही दोनों लड़के खड़े हैं। गली में कुछ लोग आ-जा रहे थे, अतः लड़की को ढाढ़स बँधा। वह एक अधेड़ आदमी के पीछे लग ली। लड़की अधेड़ के सँग लगी लगी जब दोनों लड़कों के पास से गुज़री तो उनमें से एक लड़का खट से उन दोनों के बीच में कूदा। अधेड़ आदमी ने घूम कर पीछे देखा।

'आगे...आगे।' दूसरे लड़के ने कमर से कट्टा निकालते हुए अधेड़ आदमी को इशारा किया।

'अच्छा भइआ...अच्छा।' अधेड़ आदमी ने हाथ जोड़े और हाँफ़ता हुआ तेज़ी से भागा।

'यह ले।' पहला लड़का, जो गली में लड़की का रास्ता रोके खड़ा था, उसने कंडोम का एक पैकेट लड़की की ओर बढ़ाते हुए कहा।

लड़की ने दामन बचाया और आगे निकल गई।

'ले-ले, तेरे काम आएगा।' लड़का फिर आगे आया। लड़की फिर बच कर आगे हो गई।

'यार से मिल्ली है, हमसे कब होगी?' लड़के ने पीछे से चिल्ला कर कहा। 'बिदकती है साली!' दूसरे लड़के ने कमर में कट्टा खोंसते हुए कहा। लड़की जब सड़क पर पहुँची तो हाँफ़ रही थी।

[6]

तीसरे पहर लड़की अपने रोज़ के लौटने वाले समय से थोड़ा पहले ही लौटी। गली सामान्य थी और लड़के कहीं नहीं थे। लेकिन जब उसने पर्स से ताले की चाबी निकाली तो देखा, किवाड़ों पर खड़िया से लिखा है—'रास्ते-राहत'। उसने झटपट मिटाया, ताला खोला, दरवाज़ा अन्दर से बन्द किया और बिस्तर में घुस गई। मनोज आज सुबह ही बाहर चला गया था। अतः टिफ़िन नहीं आएगा, उसने सोचा। वह काफ़ी देर सकते में लेटी रही, जैसे उन दोनों लड़कों का इन्तज़ार कर रही हो। अभी ठक् ठक् होगी—अभी। गली में चलता हुआ हर कदम उन्हीं का लगता। इससे तो अच्छा सुखलाल ही है। गाना ही तो गाता है और सुबह उठ कर जब-तब माफ़ी भी माँगता है। अचानक लड़की उठी, उसने एक जोड़ी धुला, कलफ़ किया सलवार-कुर्ता निकाला, तौलिया उठाया, बाहर निकल कर ताला बन्द किया और सीढ़ियाँ चढ़ कर गुप्ता जी के घर में दाख़िल हुई। गुप्ताइन चाची ने उसे बड़े प्यार से बिठाया। वह लगभग एक अनपढ़ और सीधी औरत थी जो दिन भर बच्चों और गिरस्ती की चाँय-चाँय में लगी रहती। उसने लड़की को दालमोठ के साथ चाय पिलाई। लड़की ने कहा, उसे बहुत गन्दा महसूस हो रहा है। वह नहाना चाहती है। उसने गुप्ताइन चाची से एक भगौना गर्म पानी की माँग की, जिससे वह नहा कर फ्रेश महसूस कर सके। गुप्ताइन चाची ने ख़ुशी ख़ुशी बड़े भगौने में पानी गर्म किया, नहानघर में रखा और लड़की से कहा कि नहा ले। लड़की ने ईंट कर नहाया। गुप्ताइन चाची उसके इतने लम्बे-घने, काले केशों को खुला देख मुग्ध हो गईं। लड़की ने इतनी ठण्ड में भी टेबिल फ़ैन खोल कर अपने बाल सुखाये और देर तक सुखाती रही। फिर उसने गुप्ताइन चाची से कहा कि वह चोटी कर दें। गुप्ताइन चाची ख़ुश हो गईं। उन्होंने तखत पर लड़की को अपने आगे बिठाया और खूब कसी हुई चोटी गूँथी। उन्होंने लड़की को एक आइना पकड़ाया। लड़की ने अपनी गर्दन को इधर-उधर मोड़ कर देखा।

'मज़ा आ गया चाची!' लड़की ने कहा।

'कहीं जाना है क्या?' गुप्ताइन चाची ने पूछा।

'हाँ, थोड़ा बाहर।'

'फिलिम देखने?"

'नहीं, एक सहेली के घर।'

'रात को लौटोगी? रात को लौटना ठीक नहीं।' गुप्ताइन चाची ने कहा।

'देर हो जाएगी तो रुक जाऊँगी।' लड़की ने कहा।

'तब ठीक है।'

लड़की उठी, और नीचे अपने कमरे में आ गई।

[7]

अँधेरी रात थी और कोहरे में घरों का धुआँ मिल-बस गया था। लगता था कोहरा है, लगता था धुआँ है। लड़की ने खिड़की की झिरी से देखा। गली सूनी थी। वह बाहर निकली, ताला बन्द किया और गली में उतर कर तेज़ी से सड़क पर आ गई। सड़क पर भम्भड़ था, शोर था। वह एक रिक्शे पर बिना पूछे बैठ गई, हुड उठाया और बोली, 'यूनिवर्सिटी तक।' यूनिवर्सिटी फाटक पर उतर कर वह अन्दर घुसी। मौलसिरी के पेड़ों के नीचे-नीचे सरकती, खँडहर थाने के पिछवारे से वह मनोविज्ञान विभाग के परिसर में घुसी और वहाँ से मृदुला साराभाई छात्रावास के विशाल परिसर में। चारों ओर साँय-साँय थी। पेड़ों के घने अँधेरे में झिंगुरों का झन् झन् गुंजार था। उधर 'आंटी की शॉप' पर इकलौता बल्ब जल रहा था। लड़की ने देखा, छात्रावास के टॉवर के बहुत ऊपर, जैसे हवा में, एक लाल-हरी-नीली पत्रियों वाली कंदील जल रही थी। बड़ा दिन और नव-वर्ष के शुभागमन पर लड़कियाँ हर साल कंदील बना कर टॉवर के ऊपर एक रॉड में टाँगती हैं। लड़की चारदीवारी के साथ-साथ अँधेरे-अँधेरे में चलती मैम के पिछवारे लॉन में पहुँची। उसने छोटी-सी फटकी खोली और झूले पर आ कर बैठ गई। उसने झूले पर बैठ कर आराम से उसे हिलाया। थोड़ी देर बाद उसने अपना पर्स खोला।

तभी अचानक, बाहर सर्वत्र बत्तियाँ गुल हो गईं, जो इस शहर और प्रदेश में एक आम बात है। सड़क का किलोल अँधेरे में बन्द हो गया।

सुबह उस नीम की मोटी डाल से रस्सी खोल जब लटकी हुई लड़की को उतारा गया तो पुलिस ने उसके स्तनों की संधि के बीच से कागज़ का एक टुकड़ा बरामद किया। स्तनों की संधि, जो स्त्री के शरीर में छोटी-मोटी चीजें छिपाने की सबसे सुरक्षित जगह है। कागज़ पर लिखा था, 'मेरी मृत्यु के लिए कोई ज़िम्मेदार नहीं है—तीस नम्बर।'

[8]

कहानी में आगे जो बाकी है, वह 'सब-जुडिस' है।

और उसके भी आगे जो बाकी है, वह बहुत कुछ बाकी है।

•••